W0384623

Réussir la philo au BAC

Arthur Guezengar,
docteur en philosophie.
Université Grenoble-Alpes

LAROUSSE

21, rue du Montparnasse 75283 Paris Cedex 06

Direction de la publication
Carine Girac-Marinier

Direction éditoriale
Julie Pelpel-Moulian

Direction artistique
Ulrike Meindl

Mise en pages
Hélène Léonard

Lecture-correction
Catherine Decayeux

Fabrication
Ombeline Canaud

Illustrations
Olivier Verbrugghe : p. 78 (Epicure), p. 93 (Hannah Arendt), p. 95 (John Rawls)

Ph. Coll. Archives Larbor : p. 77 (Aristote), p. 80 (Thomas Hobbes), p. 81 (René Descartes), p. 82 (Baruch Spinoza), p. 83 (John Locke), p. 85 (Emmanuel Kant), p. 86 (Jeremy Bentham), p. 87 (Georg Hegel), p. 90 (Friedrich Nietzsche), p. 94 (Simone Weil)

p. 76 (Platon) Dessin – Archives Larousse, p. 78 (Epictète) Ph. O. Ploton © Archives Larousse, p. 79 (Nicolas Machiavel) Ph. O. Ploton © Archives Larousse, p. 84 (Jean-Jacques Rousseau) Ph. Jean Tarascon © Archives Larbor, p. 88 (Auguste Comte) ph. O. Ploton © Archives Larousse, p. 89 (Karl Marx) Ph. Coll. Archives Larousse, p. 91 (Émile Durkheim) Ph. Manuel Coll. Archives Larousse, p. 92 (Jean-Paul Sartre), Ph. O. Ploton © Archives Larousse-DR

ISBN : 978-2-03-600281-4

SOMMAIRE

MÉTHODE

Comprendre un texte 4
Rédiger une explication de texte 5
Rédiger une dissertation 6

NOTIONS

L'ART - carte mentale 8
L'art et la philosophie 10
Sujet-type : *peut-on aimer une œuvre d'art sans la comprendre ?* 11

LE BONHEUR - carte mentale 12
Le bonheur en philosophie 14
Sujet-type : *doit-on tout faire pour être heureux ?* 15

LA CONSCIENCE - carte mentale 16
La conscience et la philosophie 18
Sujet-type : *puis-je, au nom de ma conscience, refuser de me soumettre aux lois ?* 19

LE DEVOIR - carte mentale 20
Philosophie et devoir 22
Sujet-type : *peut-on opposer le devoir à la liberté ?* 23

L'ÉTAT - carte mentale 24
La philosophie politique 26
Sujet-type : *la force est-elle au fondement de l'État ?* 27

L'INCONSCIENT - carte mentale 28
Inconscient et philosophie 30
Sujet-type : *l'idée d'inconscient remet-elle en cause la liberté ?* 31

LA JUSTICE - carte mentale 32
Philosophie de la justice 34
Sujet-type : *la guerre peut-elle être juste ?* 35

LE LANGAGE - carte mentale 36
Philosophie du langage 38
Sujet-type : *les mots nous éloignent-ils des autres ?* 39

LA LIBERTÉ - carte mentale 40
Philosophie et liberté 42
Sujet-type : *la liberté consiste-t-elle à n'obéir à personne ?* 43

LA NATURE - carte mentale 44
La philosophie et la nature 46
Sujet-type : *peut-on à la fois préserver et dominer la nature ?* 47

LA RAISON - carte mentale 48
La philosophie et la raison 50
Sujet-type : *la raison a-t-elle besoin de douter ?* 51

LA RELIGION - carte mentale 52
Philosophie et religion 54
Sujet-type : *les religions séparent-elles les hommes ?*55

LA SCIENCE - carte mentale 56
Philosophie et sciences 58
Sujet-type : *n'y a-t-il de connaissance que scientifique ?* 59

LA TECHNIQUE - carte mentale 60
Philosophie et technique 62
Sujet-type : *le progrès technique peut-il procurer le bonheur ?* 63

LE TEMPS - carte mentale 64
Le temps et la philosophie 66
Sujet-type : *l'avenir peut-il être objet de connaissances ?* 67

LE TRAVAIL - carte mentale 68
Le travail et la philosophie 70
Sujet-type : *le travail nous rend-il plus humain ?* 71

LA VÉRITÉ - carte mentale 72
La vérité et la philosophie 74
Sujet-type : *le respect des opinions est-il un obstacle à la recherche de la vérité ?* 75

LES AUTEURS

Platon 76
Aristote 77
Épicure et Épictète 78
Nicolas Machiavel 79
Thomas Hobbes 80
René Descartes 81
Baruch Spinoza 82
John Locke 83
Jean-Jacques Rousseau 84
Emmanuel Kant 85
Jeremy Bentham 86
Georg Hegel 87
Auguste Comte 88
Karl Marx 89
Friedrich Nietzsche 90
Émile Durkheim 91
Jean-Paul Sartre 92
Hannah Arendt 93
Simone Weil 94
John Rawls 95

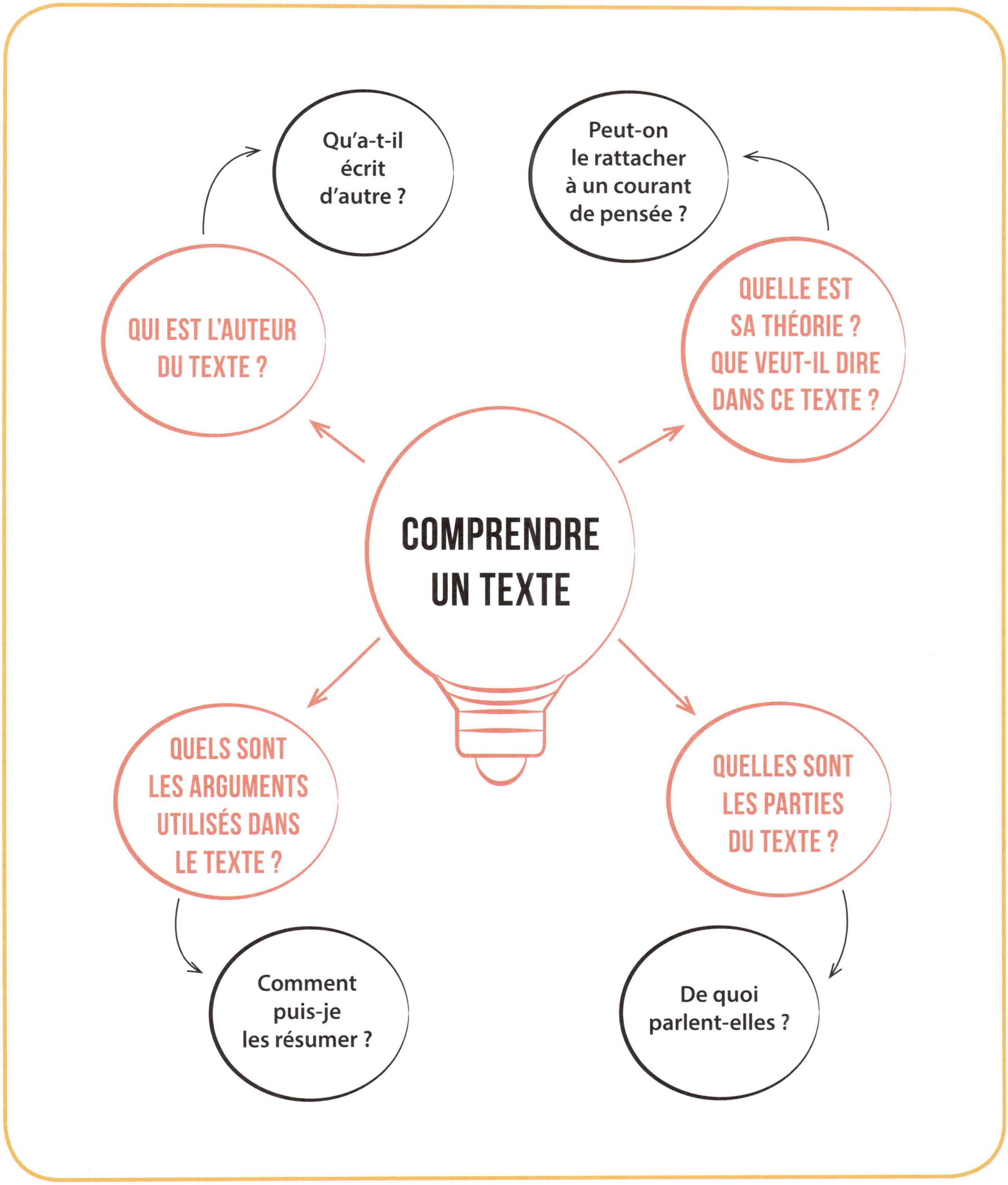
COMPRENDRE UN TEXTE
QUI EST L'AUTEUR DU TEXTE ?
Qu'a-t-il écrit d'autre ?
QUELLE EST SA THÉORIE ? QUE VEUT-IL DIRE DANS CE TEXTE ?
Peut-on le rattacher à un courant de pensée ?
QUELS SONT LES ARGUMENTS UTILISÉS DANS LE TEXTE ?
Comment puis-je les résumer ?
QUELLES SONT LES PARTIES DU TEXTE ?
De quoi parlent-elles ?

RÉDIGER UNE EXPLICATION DE TEXTE

1) PRÉSENTER L'AUTEUR

Expliquez en quelques mots qui est l'auteur, l'époque, le contexte dans lequel il écrit, et quel est son courant de pensée (si vous le connaissez).

2) TROUVER L'OBJET DU TEXTE

Repérez les indices qui indiquent quel est le sujet du texte traité : titre, mots-clés, concepts vus en cours.

3) PRÉSENTER LA THÈSE DE L'AUTEUR

Reformulez en termes simples ce que le texte cherche à démontrer.

4) EXPLIQUER COMMENT LE TEXTE EST STRUCTURÉ

Déterminez quelles sont les parties du texte et expliquez l'idée directrice de chacune d'entre elles.

5) EXPLIQUER LE TEXTE

Suivez le texte au fur et à mesure de sa lecture. Reformulez les idées du texte avec vos propres mots et expliquez en quoi les phrases-clés sont intéressantes et ce qu'elles nous apprennent sur la pensée de l'auteur.

6) CONCLURE

Rédigez une phrase synthétique qui rappelle la thèse de l'auteur et explique comment il parvient à sa conclusion.

1) REPÉRER LA NOTION

À quelle(s) notion(s) le sujet se rattache-t-il ? Rappelez-vous les éléments vus en cours sur cette notion.

2) PRÉSENTER LES CONCEPTS

Présentez chaque mot-clé et donnez-en une définition.

3) EXPOSER UN PROBLÈME

En utilisant les définitions précédentes, expliquez pourquoi l'association de ces idées pose des difficultés, et comment vous allez les résoudre.

4) RÉDIGER UN PLAN

Séparez votre texte en plusieurs parties avec deux ou trois idées différentes.

Plan type : deux parties de trois sous-parties OU trois parties de deux sous-parties.

5) MOBILISER SES CONNAISSANCES

Pour chaque sous-partie, prévoyez un auteur et/ou un exemple à citer.

6) RÉDIGER UNE CONCLUSION

Rappelez le problème initial. Rappelez les idées que vous avez présentées auparavant. Expliquez en quoi ce raisonnement a permis de répondre au problème.

SUJET : « COMMENT L'HOMME MODIFIE-T-IL SON ENVIRONNEMENT ? »

NOTION : LA NATURE

Qu'est-ce que l'environnement ?

L'environnement est tout ce qui entoure l'homme.

Qu'est-ce que l'homme ?

L'homme est un être vivant doté de raison.

PROBLÈME : Pourquoi l'homme détruit-il son milieu s'il est doté de raison ?

L'homme s'est longtemps perçu supérieur à la nature.

Auteurs : Platon, Descartes, Marx

Mais cette idée est remise en cause par ses conséquences écologiques.

Auteur : Spinoza

Exemple : rapport du GIEC

L'ART

L'ART

ENSEMBLE DE MOYENS ET DE PROCÉDÉS PAR LESQUELS L'HOMME CHERCHE À ATTEINDRE UN CERTAIN RÉSULTAT. LE TERME DÉSIGNE

... ET LE BEAU

Qualité d'une chose conforme à un idéal esthétique

SUJET TYPE BAC
L'ARTISTE PEUT-IL ÊTRE INDIFFÉRENT AU BEAU ?

Pour Platon, le beau réside dans les **idées** et dépasse les sens. L'art n'est qu'une copie du beau et se présente comme une **illusion** qui nous éloigne de la beauté **idéale**.

L'**esthétique** classique cherche à définir le beau comme une valeur objective en fonction d'un ensemble de critères : harmonie, proportionnalité, etc. Le but de l'art est d'atteindre le **sublime**.

Hegel insiste sur le fait que l'art s'affranchit de la nature et la dépasse, tendant de plus en plus vers des réalisations immatérielles (musique, poésie…) qui n'ont rien à voir avec la nature.

PLATON, P. 76

... ET LA TECHNIQUE

Le savoir-faire qui organise une pratique

SUJET TYPE BAC
L'ART PEUT-IL SE PASSER DE RÈGLES ?

L'art est un domaine lié à la fabrication. Les œuvres peuvent être produites selon des méthodes précises (peinture, cinéma…) ou dépendre de techniques de représentation (théâtre, musique…).

L'art est dépendant du progrès technique : le mouvement **impressionniste** est lié à l'invention de la **peinture en tube** en 1841, qui permet de peindre hors d'un atelier.

Adorno critique néanmoins l'importance prise par l'**industrie culturelle** et les méthodes pour produire en masse des objets culturels **inauthentiques**.

HEGEL, P. 87

À LA FOIS LES TECHNIQUES, LES ACTIVITÉS PRODUCTRICES ET LEUR RÉSULTAT. DEPUIS LE XVIIIE SIÈCLE, LE TERME DÉSIGNE PRINCIPALEMENT LES « BEAUX-ARTS » (SCULPTURE, ARCHITECTURE, LITTÉRATURE...)

... ET LA SOCIÉTÉ

L'ensemble des rapports qui unissent les êtres humains

SUJET TYPE BAC
L'ART PEUT-IL TRANSFORMER LA SOCIÉTÉ ?

L'art permet de diffuser un message, qui peut être utilisé pour valoriser la personne qui paie l'artiste (**mécénat**) ou l'État (**propagande**) : la chapelle Sixtine, le sacre de Napoléon, le cuirassé *Potemkine*, etc.

Certains courants artistiques cherchent à représenter la société telle qu'elle est : **naturalisme** (Zola), **néoréalisme** italien (Visconti), etc.

Les **artistes engagés** pensent que l'art peut être un outil pour changer la société et diffuser de nouvelles idées : **Sartre** *(les Mains sales)*, **Victor Hugo** *(Les Misérables)*, **Picasso** *(Guernica)*, etc.

SARTRE, P. 92

... ET LE RÉEL

Les choses telles qu'elles sont

SUJET TYPE BAC
L'ART NOUS ÉLOIGNE-T-IL DE LA RÉALITÉ ?

Pour Aristote, l'art doit **imiter la nature**. Il possède une fonction **mimétique** qui consiste à représenter les choses pour procurer des émotions et du plaisir au spectateur (catharsis).

Pour Nietzsche, seul l'homme donne du sens à la vie, qui en est naturellement dépourvue, en particulier grâce à la production artistique.

L'**art abstrait** cherche à se détacher de la fidélité au réel pour mieux montrer les « déchirures » de la réalité (cubisme, futurisme, etc.).

NIETZSCHE, P. 90

L'ART ET LA PHILOSOPHIE

La philosophie de l'art (ou l'esthétique) cherche à expliquer le rapport de l'homme à l'art en tentant de comprendre comment ce dernier peut affecter ses auteurs et ses spectateurs. Elle cherche ainsi à définir ce qu'est le beau et à comprendre les mécanismes qui affectent les sens, les perceptions et les jugements sur l'art.

ANTIQUITÉ ET MOYEN ÂGE

- La notion de beau est d'abord comprise en un sens moral, voire théologique. Le beau est synonyme de bon, d'harmonieux et d'avantageux. Pour les **Pythagoriciens**, l'harmonie qui se dégage des mathématiques est la véritable beauté.
- Pour **Platon**, le beau est associé au vrai comme recherche de l'idéal. L'art, au contraire, n'est qu'illusion et ne fait que copier les idées. L'art est donc une réalisation imparfaite qui engendre des passions négatives.
- Au contraire l'art a un rôle positif pour **Aristote**. En imitant la nature (mimèsis), l'art permet de représenter et de styliser les événements. Il joue alors un rôle de catharsis en permettant de ressentir des émotions pour mieux les canaliser.
- **Saint Augustin** pense la musique comme une science fondée sur la mesure et la recherche de l'harmonie. Le beau est donc un concept objectif qui obéit à un ensemble de règles fixes sur les proportions, la métrique, etc.

ÉPOQUE MODERNE ET CONTEMPORAINE

- L'esthétique empirique (**Hume**) pense au contraire la beauté comme une valeur intérieure et personnelle. Ce sont les représentations intimes, liées à l'expérience personnelle, qui font ressentir les sensations. Je peux ressentir la beauté d'une œuvre non harmonieuse qui provoque de fortes émotions en moi.
- **Kant** cherche à dépasser le relativisme du goût (« les goûts et les couleurs ne se discutent pas ») en fondant le jugement esthétique sur une recherche de l'universalité. Le beau est dès lors ce qui plaît universellement et de façon désintéressée.
- **Hegel** s'écarte de la conception aristotélicienne de l'art comme imitation de la nature en faisant de l'art une manifestation de l'histoire. L'art se détache ainsi progressivement des représentations sensibles pour aller vers la pensée pure.
- La philosophie contemporaine cherche à sortir de l'analyse de l'art comme quête vers un beau idéalisé, pour penser sa fonction symbolique et son rôle dans la société. **Merleau-Ponty** insiste ainsi sur le vécu et le ressenti de l'artiste et du spectateur plutôt que sur la définition d'un idéal.

PEUT-ON AIMER UNE ŒUVRE D'ART SANS LA COMPRENDRE ?

Que signifie comprendre quelque chose ?

Expliquer rationnellement d'où vient quelque chose.

NOTION : LA RAISON

NOTION : L'ART

Quelle relation unit l'œuvre d'art et son spectateur ?

L'art provoque des émotions chez celui qui le regarde.

PROBLÈME :
L'art relève-t-il de la raison ou de la sensibilité ?

I
L'œuvre d'art cherche à nous faire ressentir quelque chose

L'œuvre d'art n'est pas un discours rationnel mais cherche à exprimer des passions (Aristote - catharsis).

Les émotions sont personnelles et subjectives : je ressens une œuvre sans savoir ce que l'autre ressent.

II
Comprendre une œuvre permet d'accroître son ressenti

L'œuvre d'art obéit à des contraintes techniques qu'on peut analyser.

L'auteur d'une œuvre cherche à partager un message accessible à tous (Sartre).

III
L'art a besoin d'être partagé

Le jugement sur l'art cherche à s'universaliser via l'accord d'autrui (Kant).

Je peux comprendre ce qui me plaît dans une œuvre sans comprendre l'œuvre elle-même.

LE BONHEUR

LE BONHEUR

LE BONHEUR EST UN ÉTAT DE SATISFACTION COMPLÈTE CARACTÉRISÉ PAR SA STABILITÉ ET SA DURABILITÉ. LE BONHEUR EST SOUVENT PRÉSENTÉ COMME L'OPTIMUM DE

... ET AUTRUI

L'autre, ce qui n'est pas mon existence personnelle

SUJET TYPE BAC
PEUT-ON ÊTRE HEUREUX DANS LA SOLITUDE ?

La **Déclaration d'indépendance** des États-Unis fait de la recherche du bonheur un droit fondamental au même titre que la vie et la liberté.

Pour le **stoïcisme**, le bonheur dépend uniquement de soi (ataraxie). C'est un acte de volonté qui consiste à accepter ce qui ne dépend pas de moi.

Bentham fonde sa morale sur la recherche du bonheur pour le plus grand nombre. L'État doit garantir le respect des libertés individuelles tout en veillant à augmenter le bonheur collectif.

BENTHAM, P. 86

... ET LA NATURE

Tout ce qui existe naturellement et n'a pas été fabriqué

SUJET TYPE BAC
PEUT-ON FABRIQUER LE BONHEUR ?

Le **mouvement hippie**, dans les années 1960, a engendré une explosion de la consommation de drogues et la recherche de paradis artificiels.

Rousseau défend une approche pastorale et nostalgique du bonheur, opposée à l'idée de progrès. Le bonheur est alors lié à la recherche d'un état naturel désormais perdu.

Pour **Hannah Arendt**, la quête du bonheur est le propre de l'*animal laborans*. L'action politique implique au contraire de sortir du bonheur en quête de liberté.

ROUSSEAU, P. 84

La jouissance éphémère, ce qui provoque de la joie

SUJET TYPE BAC
SATISFAIRE SES DÉSIRS PEUT-IL RENDRE MALHEUREUX ?

... ET LE PLAISIR

L'**ascétisme** est une doctrine qui cherche à atteindre le bonheur par la réduction des plaisirs matériels (jeûne, abstinence, etc.) et la maîtrise de soi.

L'**hédonisme** est un principe moral qui cherche à atteindre le bonheur en maximisant les plaisirs et en évitant la souffrance.

Pour l'**épicurisme**, seuls les plaisirs « naturels et nécessaires » doivent être satisfaits pour atteindre le bonheur. Il s'agit d'un hédonisme raisonné.

…A VIE HUMAINE : CE VERS …OUT ÊTRE HUMAIN …ERCHE À TENDRE. …OURTANT SON CONTENU EST PARFOIS FLOU ET LA NOTION A PU AVOIR PLUSIEURS SIGNIFICATIONS.

ÉPICURE, P. 78

SUJET TYPE BAC
LE SAVOIR EST-IL UNE CONDITION DU BONHEUR ?

... ET LA RAISON

Les économistes classiques (**Stuart Mill**, **Adam Smith**) considèrent que l'homme est un être rationnel qui cherche à maximiser son bonheur personnel selon des calculs raisonnables.

La **psychologie positive** est un courant de pensée qui cherche à comprendre scientifiquement ce qui permet d'accroître la santé et le bien-être de l'être humain (neurosciences).

Pour **Jacques Ellul**, la recherche du bonheur est au contraire une construction idéologique qui valorise le confort matériel pour mieux contrôler la société.

La capacité à penser et à réaliser des raisonnements logiques

HANNAH ARENDT, P. 93

LE BONHEUR EN PHILOSOPHIE

La question du bonheur a été au cœur de la philosophie morale pendant des siècles. Les différents courants philosophiques ont apporté des réponses diversifiées aux interrogations de chaque époque.

L'ANTIQUITÉ

- Les **philosophies antiques** insistent toutes sur le bonheur comme aboutissement de l'existence et cherchent à promouvoir une conception équilibrée et durable du bonheur, par opposition à l'hubris, qui pousse à vouloir toujours plus.
- Pour **Aristote**, le bonheur est la finalité de l'existence. Chaque action doit tendre vers le « souverain bien », ce qui exige un travail sur soi pour agir de façon vertueuse en recherchant l'équilibre entre les passions.
- Pour **Épicure**, le bonheur est lié aux plaisirs naturels. L'objectif est de satisfaire le corps en recherchant l'absence de problème et de douleur.

L'ÉPOQUE MODERNE

- Au XVIIe siècle, la **philosophie moderne** conçoit le bonheur à partir d'une définition de la nature et du comportement humain. Elle prend la forme d'une **philosophie morale** où se mélangent des considérations sur la raison et sur la religion.
- À partir du XVIIIe siècle, la question du bonheur commence à se **séculariser**, c'est-à-dire qu'elle ne se préoccupe plus des questions religieuses. Avec la **philosophie des lumières** et la Révolution française se développe l'idée que l'État doit favoriser le bonheur des citoyens.
- La question du progrès prend une place croissante. Le développement des sciences doit permettre d'améliorer l'accès du plus grand nombre au bonheur. Toutefois, des philosophes comme **Rousseau** remettent déjà en cause cette idée.

L'ÉPOQUE CONTEMPORAINE

- Avec le XIXe siècle, la notion du bonheur est marquée par des questions **matérialistes**. L'**utilitarisme** soutient ainsi que le bonheur peut être calculé rationnellement et qu'il est possible de maximiser ses effets. Au contraire, le **marxisme** insiste sur les inégalités sociales, qui limitent l'accès au bonheur pour le plus grand nombre.
- Le XXe siècle se caractérise par l'explosion de la **consommation de masse**. Le bonheur prend alors la forme d'un **désir** de consommer de nouvelles marchandises.
- Le XXIe siècle est marqué par la multiplication des textes sur le bonheur et le développement personnel, l'apparition de notions de management autour du **capital humain**, et d'industrie du bonheur (coaching, enquête de satisfaction…).

SUJET-TYPE

DOIT-ON TOUT FAIRE POUR ÊTRE HEUREUX ?

Que signifie devoir quelque chose ?

Le devoir est un ensemble d'obligations juridiques ou morales.

NOTION : **LE DEVOIR**

NOTION : **LE BONHEUR**

Que veut dire « être heureux » ?

Le bonheur est un état de félicité stable et personnel.

PROBLÈME :
Comment quelque chose ou quelqu'un peut-il me forcer à être heureux ?

I
Le bonheur est un choix personnel

Pour les stoïciens, le bonheur ne dépend que de la volonté de la personne.

Si je suis libre d'être heureux, j'ai aussi le droit d'être malheureux.

II
Le droit au bonheur est garanti par la collectivité

Les États-Unis ont fait du bonheur un droit fondamental, garanti par la Constitution.

Pour Bentham, l'État a l'obligation de maximiser le bonheur du plus grand nombre.

III
Le bonheur est un objectif universel

Pour Kant, le devoir moral doit être conforme à une loi universelle *(impératif catégorique)*.

Si j'ai le droit d'être heureux, alors tout le monde doit avoir la même possibilité.

LA CONSCIENCE

LA CONSCIENCE

ISSUE DU LATIN *CON SCIENTIA*, LA CONSCIENCE DÉSIGNE À LA FOIS NOTRE CONNAISSANCE

… ET LA CONNAISSANCE

Ce que je sais. La conscience comme support du savoir

SUJET TYPE BAC
CONNAISSONS-NOUS IMMÉDIATEMENT LE RÉEL ?

L'expérience de **doute méthodique pratiquée** par **Descartes** le mène à une seule et unique certitude qui est la conscience de soi (cogito).

Pour **Husserl**, la conscience est conscience de quelque chose. Il s'agit d'un effort d'attention aux objets extérieurs sur lequel s'appuie toute connaissance du monde.

En **biologie**, la conscience est un état neurologique dû à l'interaction de processus cognitifs dans le cerveau, dont le sujet n'a pas connaissance et qui peut être altéré.

HUSSERL, *MÉDITATIONS CARTÉSIENNES*

… ET LA LIBERTÉ

La conscience comme libération de toute contrainte extérieure

SUJET TYPE BAC
LA CONSCIENCE DE SOI REND-ELLE LIBRE ?

Pour **Emmanuel Kant**, la conscience de soi est ce qui distingue l'homme de l'animal mais également du jeune enfant, qui, avant de penser, « ne fait que sentir ».

Pour **Sartre**, l'homme se distingue des objets parce qu'il a conscience de sa propre existence, ce qui lui permet d'être libre de tout déterminisme.

Le **béhaviorisme** est une théorie scientifique qui affirme au contraire que le comportement individuel est déterminé par des stimulus, réflexes sur lesquels la conscience n'a pas prise.

KANT, P. 85

La conscience face à ce qu'elle ne maîtrise pas

SUJET TYPE BAC
LA CONSCIENCE EST-ELLE SOURCE D'ILLUSIONS ?

… ET SES LIMITES

Pour qualifier les phénomènes qui échappent à notre conscience, **Sigmund Freud** a recours au concept d'inconscient. Sa théorie est à l'origine de la **psychanalyse**.

Au moyen de son **allégorie de la caverne**, **Platon** cherche à nous faire **prendre conscience** des illusions (ombres) qui nous ont jusque-là bercés et détournés de la réalité.

En effet, comme le montre **Leibniz**, les défauts de notre **perception** sont liés à ce que nous ne sommes pas maîtres de notre propre conscience (ou aperception).

LEIBNIZ, *MONADOLOGIE*

IMMÉDIATE DE CE QUI NOUS ENTOURE (À COMMENCER PAR NOUS-MÊMES) ET UNE CONNAISSANCE INTUITIVE DES VALEURS MORALES. CES DEUX ENTRÉES COMMUNIQUENT PLUS QU'ELLES NE S'EXCLUENT.

SUJET TYPE BAC
SUFFIT-IL D'ÊTRE CONSCIENT DE SES ACTES POUR EN ÊTRE RESPONSABLE ?

… ET LA MORALE

Parce qu'il pense l'homme bon par nature, **Rousseau** fait de la conscience morale le « juge infaillible » et inné que nous aurions du bien et du mal.

Pour **Alain**, la conscience est toujours une conscience morale. La morale est liée à la capacité de délibération de la conscience qui cherche à distinguer le bien du mal.

Dans le langage courant, une personne **inconsciente** est une personne agissant sans mesurer la **portée** de ses actes. Notre conscience serait dès lors un pare-feu aux agissements néfastes.

Comment la conscience détermine nos actions

ROUSSEAU, P. 84

LA CONSCIENCE ET LA PHILOSOPHIE

La conscience est un concept récent en philosophie, qui n'apparaît qu'à partir du XVIIe siècle. Elle prend toutefois une grande importance dans les questions autour de l'identité, de la connaissance, et de la morale.

ANTIQUITÉ ET MOYEN ÂGE

- L'idée de conscience n'existe pas dans la philosophie grecque. L'esprit est considéré comme connaissant directement ce qu'il sait, sans l'intermédiaire d'une conscience intérieure.
- Avec le développement du christianisme commence à s'imposer l'idée d'une voix intérieure qui existerait en nous et à laquelle nous ne pouvons échapper. L'idée de conscience prend donc la forme d'une **conscience morale**.

L'ÉPOQUE MODERNE

- À partir de l'époque moderne, l'idée de conscience sort progressivement d'une conception morale pour devenir un phénomène mental centré sur l'intériorité des pensées. Cela n'empêche toutefois pas la conception morale de la conscience de perdurer, comme chez Rousseau par exemple.
- **Descartes** découvre la conscience avec le principe du **cogito**. Après avoir remis en cause toutes ses connaissances, Descartes arrive à la conclusion qu'on ne peut pas douter de la conscience de notre propre existence. La conscience devient donc la base de la connaissance.
- **Hegel** fait de la conscience de soi un processus fondamental de l'histoire humaine, au cours duquel l'homme prend conscience de sa liberté et de sa capacité à transformer le monde qui l'entoure.

L'ÉPOQUE CONTEMPORAINE

- La philosophie contemporaine est marquée par le développement de la **psychanalyse** puis par celui des **neurosciences**, qui apportent un éclairage différent sur la question de la conscience et du fonctionnement du cerveau. La **zoologie** souligne également l'existence d'une conscience chez certains animaux, remettant en cause l'idée d'une spécificité humaine.
- **Husserl** souligne le fait que la conscience est toujours tournée vers quelque chose. Il ne s'agit pas d'une voix intérieure indépendante du reste du monde, mais d'une perception des choses. Les phénomènes sont donc toujours perçus par la conscience.
- Le développement des technologies conduit les philosophes contemporains comme **Bernard Stiegler** à s'interroger sur le statut d'une **conscience artificielle** qui cherche à reproduire les mécanismes de la conscience humaine.

PUIS-JE, AU NOM DE MA CONSCIENCE, REFUSER DE ME SOUMETTRE AUX LOIS ?

NOTION : LA CONSCIENCE

NOTION : L'ÉTAT

De quelle conscience parle-t-on ?

La conscience morale est le code personnel auquel quelqu'un obéit.

D'où viennent les lois ?

Les lois sont l'ensemble des règles fixées officiellement par une société.

PROBLÈME :

Mes règles personnelles peuvent-elles s'opposer aux règles de la société ?

I

La conscience nous permet d'agir moralement

1. L'homme est libre parce qu'il a conscience de lui-même (Sartre).

2. Les lois peuvent être des lois scélérates (ségrégation, apartheid…).

3. La conscience morale est le juge suprême qui permet à l'homme de désobéir à une loi « manifestement illégale ».

II

L'homme obéit aux lois qu'il s'est lui-même fixées

1. La conscience est une voix universelle qui s'exprime à l'intérieur de chaque homme (Rousseau).

2. Pour Rousseau, les citoyens doivent former un corps politique dont ils déterminent la loi.

3. Ma conscience m'oblige à obéir aux lois de l'État dont je fais moi-même partie.

LE DEVOIR

LE DEVOIR

LE DEVOIR EST L'ENSEMBLE DES RÈGLES QUE SUIT UN HOMME OU UN GROUPE D'ÊTRES,

… ET LA MORALE

L'ensemble des règles tacites qui conditionnent les comportements

SUJET TYPE BAC
OBÉIR ME DÉGAGE-T-IL DE TOUTE RESPONSABILITÉ ?

Pour **Kant**, une action ne peut être morale que si elle obéit à un devoir universel (impératif catégorique).

Nietzsche affirme au contraire que le principe d'un devoir moral engendre des émotions négatives et une diminution de notre puissance d'agir.

Pour **Durkheim**, le devoir moral est lié aux normes **sociales**, qui ont été intériorisées par les individus. Il n'y a donc pas de devoir universel mais des règles sociales qui varient selon les sociétés.

DURKHEIM, P. 91

… ET LE TRAVAIL

L'ensemble des activités productrices

SUJET TYPE BAC
TRAVAILLER EST-IL UN DEVOIR ?

Le travail peut être perçu comme une **contrainte naturelle** selon laquelle il est nécessaire de travailler pour produire ses aliments et assurer ses besoins essentiels (physiocrates).

Un **contrat de travail** est un accord passé entre deux personnes impliquant des droits et des devoirs pour chaque partie. Cette dimension est à la base des théories du contrat social.

Certaines professions (fonctionnaire, médecin, avocat, etc.) reposent sur l'existence d'une éthique professionnelle qui définit un ensemble de **devoirs déontologiques.**

NIETZSCHE, P. 58

Les choses telles qu'elles doivent être

SUJET TYPE BAC
PEUT-ON AGIR AUTREMENT QUE SELON SON DEVOIR ?

... ET LA NÉCESSITÉ

Les **choses** se caractérisent par leur être : elles sont ce qu'elles sont et ne peuvent pas agir autrement. Ainsi, une pierre **doit** tomber au fond si on la jette dans l'eau (Heidegger).

Le **devoir-être** désigne au contraire les choses telles qu'elles devraient être mais ne sont pas dans la réalité.

Pour **Sartre**, la **mauvaise foi** consiste à faire comme si l'homme avait un devoir-être similaire à celui d'une chose soumise à la nécessité et incapable d'être autre chose que ce qu'elle est.

ET LES ACTIONS QU'IL ACCOMPLIT EN DEHORS DE TOUTE AUTRE CONSIDÉRATION QUE L'OBÉISSANCE À CES RÈGLES.

SARTRE, P. 92

SUJET TYPE BAC
FAIRE SON DEVOIR, EST-CE RENONCER À SA LIBERTÉ ?

... ET LA LIBERTÉ

Un devoir prend la forme d'une **contrainte** s'il est exercé par une force extérieure sur laquelle je n'ai pas prise, le plus souvent en faisant usage de la violence ou de moyens de coercition.

Pour **Kant**, le devoir se présente au contraire comme une **obligation morale** que je choisis librement, et implique l'exercice d'une volonté personnelle.

Le devoir n'est pas seulement le propre des individus. Ainsi, **l'état de droit** repose sur l'idée que l'État a le devoir de protéger ses citoyens et de garantir les libertés fondamentales.

Ce que je choisis de faire sans être contraint

KANT, P. 85

PHILOSOPHIE ET DEVOIR

« Que devons-nous faire ? » est une question centrale de l'histoire de la philosophie, qui est à la base de l'éthique et de la philosophie morale.

L'ANTIQUITÉ

- L'éthique antique est marquée par l'idée de nécessité et de recherche du bien.
- Chez **Aristote**, l'éthique est liée à l'accomplissement d'une fonction : le devoir du médecin est de soigner ses patients. Le devoir a donc une fonction **pratique**.
- Chez les **stoïciens**, le devoir se confond avec la nature. Le devoir du sage est d'accepter les choses telles qu'elles sont sans chercher à s'y opposer.

L'ÉPOQUE MODERNE

- L'éthique moderne reste marquée par le respect des normes morales et des conventions sociales. L'idée de devoir s'impose dans la philosophie aux XVIIe et XVIIIe siècles.
- **Kant** fait du devoir une valeur universelle. Tout le monde doit agir comme s'il obéissait à des règles universelles. C'est une morale déontologique : seule l'intention compte.
- Pour **Bentham**, le devoir consiste à améliorer la situation du plus grand nombre. Seules les conséquences ont une valeur morale, et non les intentions. Il s'agit d'une morale *conséquentialiste*.

L'ÉPOQUE CONTEMPORAINE

- Les grandes catastrophes des XXe et XXIe siècles (totalitarismes, crise climatique…) ont conduit les philosophes contemporains à chercher de nouvelles sources de normes morales.
- Pour **Rawls**, il n'est plus possible d'avoir une définition unique et universelle du devoir. La morale doit se baser sur la discussion entre les membres d'un groupe. Il s'agit d'une morale *procédurale* : le processus de décision compte plus que le devoir lui-même.
- Pour **Ricœur**, le devoir est lié à la relation avec les autres. Il ne s'agit pas d'obéir à une norme extérieure mais de tenir compte de l'autre comme de soi-même. Il s'agit d'une éthique de la *responsabilité*.

SUJET-TYPE

PEUT-ON OPPOSER LE DEVOIR À LA LIBERTÉ ?

NOTION : **LE DEVOIR**

NOTION : **LA LIBERTÉ**

Que signifie devoir quelque chose ?

Le devoir est un ensemble d'obligations juridiques ou morales.

Qu'est-ce que la liberté ?

La liberté est un état dépourvu de contrainte.

PROBLÈME :
Peut-on choisir des obligations sans y être contraint ?

I
L'idée de devoir suppose celle de liberté

Le devoir implique une idée de responsabilité qui n'a plus de sens si mes actions sont déjà déterminées.

Pour Kant, le devoir moral implique le postulat de l'*autonomie de la volonté*.

II
La liberté est la condition fondamentale de l'être humain

Pour Sartre, l'homme est « condamné à être libre ». La liberté est le devoir-être de l'homme.

Dans la cité antique, seuls les hommes libres peuvent avoir des obligations politiques.

III
Je peux choisir le devoir que je souhaite accomplir

Pour Hobbes, l'homme est naturellement libre, mais il choisit de céder sa liberté contre sa sécurité.

Le devoir est moins une obligation forcée qu'une conduite à tenir, que je peux librement choisir.

L'ÉTAT

L'ÉTAT

L'ÉTAT EST UNE ORGANISATION INSTITUTIONNELLE QUI MET EN ŒUVRE LA POLITIQUE AU SEIN D'UN ESPACE TERRITORIAL DONNÉ.

… ET LA SOCIÉTÉ

Organisation sociale qui rassemble une pluralité d'hommes

SUJET TYPE BAC
UNE SOCIÉTÉ PEUT-ELLE SE PASSER D'ÉTAT ?

Les premières institutions connues datent du IVe millénaire av. J.-C. tandis que l'homme vit en communauté depuis des centaines de milliers d'années. L'État est donc une invention récente.

Les théories du *contrat social* (**Grotius**) pensent la naissance de l'État à partir d'un état de nature dépourvu d'organisation sociale. L'État contribue ainsi à organiser la société.

Léon Duguit défend « l'école du service public », selon laquelle l'État est au service de la société et assure un rôle social de solidarité entre les hommes.

ARISTOTE, P. 77

… ET LA VIOLENCE

Puissance de contrainte qui s'exerce au détriment d'autrui

SUJET TYPE BAC
L'ÉTAT EST-IL UN MAL NÉCESSAIRE ?

Pour **Hobbes**, l'État est nécessaire afin de sortir de l'état de « guerre de tous contre tous ». En s'accaparant la violence, l'État peut instaurer un ordre social et sortir de la guerre civile.

Max Weber affirme que l'État dispose du « monopole de la violence physique légitime ». L'État est la seule institution qui puisse faire respecter la loi par la force.

Pour *l'anarchisme* (**Proudhon**), l'État est un outil d'oppression. Cette doctrine défend au contraire l'auto-organisation des hommes dans une société égalitaire et dépourvue d'État.

HOBBES, P. 80

Capacité d'agir, puissance, autorité politique

SUJET TYPE BAC
L'ABUS DE POUVOIR EST-IL INÉVITABLE ?

... ET LE POUVOIR

Hannah Arendt définit le pouvoir comme la capacité des citoyens à agir ensemble. Lorsque ce pouvoir s'affaiblit, l'État prend davantage en charge la vie commune.

Pour **Montesquieu**, préserver la liberté implique de séparer les pouvoirs de telle sorte que chaque institution empêche les autres d'exercer un pouvoir absolu.

Pour **Marx**, l'État est une organisation séparée de la société qui exerce un pouvoir de coercition au service de la domination d'une classe sociale favorisée.

ASSOCIÉ À L'EXERCICE DU POUVOIR POLITIQUE, IL PEUT PRENDRE DIFFÉRENTES FORMES EN FONCTION DE LA MANIÈRE DONT LES LOIS ET LE POUVOIR SE RÉPARTISSENT AU SEIN DE LA SOCIÉTÉ.

HANNAH ARENDT, P. 93

SUJET TYPE BAC
L'ÉTAT EST-IL AU-DESSUS DES LOIS ?

... ET LE DROIT

Dans la théorie juridique classique (**Bodin**, **Hobbes**), l'État dispose de la souveraineté sur son territoire. Il est donc libre de faire la loi en fonction de l'intérêt général.

Pour le *positivisme juridique* (**Kelsen**), le pouvoir de l'État est soumis au droit et à sa norme suprême (Constitution). L'État de droit doit ainsi respecter ses propres règles.

Pour **Rousseau**, la loi est définie par la volonté générale qui émane du peuple. L'État est alors au service du peuple, dont il assure l'exécution des lois.

Ce que je choisis de faire sans être contraint

ROUSSEAU, P. 84

LA PHILOSOPHIE POLITIQUE

Dès ses origines, la philosophie s'est intéressée au fonctionnement de l'État et à l'organisation de la société. Plusieurs auteurs ont joué un rôle déterminant dans l'élaboration des concepts politiques.

L'ANTIQUITÉ

- **Saint Augustin** pense que plus que l'État, c'est l'organisation de la **Cité** qui occupe les philosophes antiques. Se pose alors la question centrale de savoir qui doit disposer du pouvoir ?
- Pour **Platon**, seuls les philosophes peuvent assumer le pouvoir car ils ne le désirent pas et sont les seuls à posséder la sagesse nécessaire pour bien gouverner. Les autres régimes sont imparfaits.
- **Aristote** distingue trois grands types de régimes : la monarchie, l'aristocratie et la démocratie, en fonction du nombre de personnes qui occupent le pouvoir.

L'ÉPOQUE MODERNE

- Avec la philosophie moderne apparaît la notion de **contrat social**. Le rapport à l'État est alors pensé à partir d'un contrat originel entre les hommes qui limite leurs droits naturels pour être mieux protégés par les lois.
- Pour **Hobbes**, le contrat social a un rôle sécuritaire. Les hommes renoncent à leur liberté pour que leur sécurité personnelle soit protégée par l'État.
- Pour **Locke**, le contrat social a un rôle libéral. l'État a pour rôle de protéger la liberté personnelle et de faire respecter la propriété de ses membres.
- Pour **Rousseau**, le contrat social a un rôle politique. Les hommes cèdent leurs intérêts personnels pour participer à la volonté générale et au bien commun.

L'ÉPOQUE CONTEMPORAINE

- La philosophie contemporaine cherche à comprendre les mécanismes politiques et sociaux à l'œuvre dans le fonctionnement de l'État. Elle se rapproche ainsi des **sciences politiques**.
- Le **libéralisme politique** (John Rawls, Raymond Aron) cherche à penser l'État à partir des individus et le respect de leur liberté individuelle.
- Le **structuralisme** (Michel Foucault, Claude Levi-Strauss) cherche à penser l'État à partir des mécanismes sociaux qui dépassent les individus.

LA FORCE EST-ELLE AU FONDEMENT DE L'ÉTAT ?

Qu'est-ce que la « force » ?

La force est la capacité qui permet à un être d'agir physiquement sur les autres.

NOTION : **LA NATURE**

NOTION : **L'ÉTAT**

Qu'est-ce que l'État et d'où vient-il ?

L'État est un ensemble d'institutions qui structurent la société.

PROBLÈME :

Des institutions politiques peuvent-elles s'appuyer sur une puissance naturelle ?

I

La force est un concept naturel

La force est une notion issue de la physique : la gravité exerce une force sur nous. Les rapports de force existent à tous les niveaux de la société.

Hobbes parle de « guerre de tous contre tous » pour décrire un état de nature fondé uniquement sur la force.

II

L'État accapare la violence pour sortir de la nature

Pour Max Weber, l'État dispose du monopole de la violence légitime. La force est à l'origine du pouvoir qui lui permet de définir les règles.

Les relations entre États restent marquées par des rapports de force, qu'ils soient militaires ou diplomatiques.

III

Les institutions ne s'appuient pas que sur la force

Pour Hannah Arendt, l'autorité de la loi permet aux institutions d'agir sans exercer de contrainte physique.

Pour Rawls, l'État ne doit pas seulement imposer sa force (État régalien) mais redistribuer les ressources (État-providence).

L'INCONSCIENT

L'INCONSCIENT

THÉORISÉ PAR FREUD AU DÉBUT DU XXE SIÈCLE, L'INCONSCIENT PART DU PRINCIPE QU'IL EXISTE UN ENSEMBLE DE REPRÉSENTATIONS

… ET LA RAISON

Capacité à penser et à réaliser des raisonnements logiques

SUJET TYPE BAC
PEUT-ON CONNAÎTRE L'INCONSCIENT ?

L'objectif de la psychanalyse est de comprendre le fonctionnement de l'inconscient en analysant et en interprétant les discours des patients (rêves, lapsus, souvenirs…).

Pour **Alain**, l'inconscient ne peut pas être connu car il n'existe pas en tant que mécanisme psychique mais uniquement en tant que réalité corporelle.

La **neurobiologie** utilise un concept d'inconscient cognitif qui cherche à expliquer les rêves par les mécanismes cérébraux sans recourir aux hypothèses freudiennes.

ALAIN, *PROPOS SUR LE BONHEUR*

… ET LA MORALE

Ensemble des règles tacites qui conditionnent les comportements

SUJET TYPE BAC
L'INCONSCIENT ME GOUVERNE-T-IL ?

L'inconscient freudien repose sur un **déterminisme psychique**. Tout acte a un sens et je ne suis pas maître de mon propre inconscient.

La justice considère qu'une personne reconnue comme n'étant pas libre de son jugement selon une **expertise psychiatrique** ne peut pas être condamnée pour ses actes.

Pour **Levinas**, la morale repose sur la relation à autrui : l'éthique est en moi, mais ne vient pas de moi. L'inconscient pousse au contraire l'homme à se replier sur lui-même et à oublier autrui.

LEVINAS, *ALTÉRITÉ ET TRANSCENDANCE*

Ce que je suis

SUJET TYPE BAC
L'INCONSCIENT NOUS EMPÊCHE-T-IL D'ÊTRE NOUS-MÊMES ?

... ET LE SUJET

Leibnitz oppose « l'aperception », qui est connue par le sujet, et les « perceptions », qui sont captées par les sens mais sans que le sujet en ait connaissance.

Freud théorise l'inconscient comme un espace psychique qui conditionne le sujet, mais auquel ce dernier n'a pas accès en dehors de certaines manifestations (ex. : les rêves).

Pour **Jung**, la construction du sujet individuel repose sur un inconscient collectif qui s'exprime par l'intermédiaire de l'imaginaire et des représentations communes.

ET DE DÉSIRS CACHÉS QUI DÉTERMINERAIENT NOTRE EXISTENCE SANS QUE NOUS EN AYONS CONSCIENCE.

JUNG, *L'HOMME ET SES SYMBOLES*

SUJET TYPE BAC
L'HYPOTHÈSE DE L'INCONSCIENT A-T-ELLE UNE VALEUR SCIENTIFIQUE ?

... ET LA SCIENCE

Pour **Freud**, la psychanalyse est une science médicale. Son objectif est de soigner les troubles psychiques en comprenant en quoi certaines idées ont été refoulées par le sujet.

Popper considère que la psychanalyse relève d'une pseudo-science comme l'astrologie parce qu'elle n'obéit pas à une logique scientifique et que ses résultats ne peuvent pas être réfutés.

Grünbaum remet en cause l'efficacité clinique de la psychanalyse freudienne. Les théories de Freud seraient donc des spéculations qui n'ont pas reçu de confirmation scientifique.

Ensemble des disciplines constituant le savoir rationnel

POPPER, *LOGIQUE DE LA DÉCOUVERTE SCIENTIFIQUE*

INCONSCIENT ET PHILOSOPHIE

L'idée d'inconscient est un concept récent dans l'histoire de la philosophie, qui n'apparaît qu'à partir du XXe siècle avec l'émergence de la psychanalyse.

L'ANTIQUITÉ

- L'idée d'inconscient est absente de la philosophie antique. C'est avant tout l'erreur ou l'illusion qui occupent la majorité des réflexions philosophiques.
- Dans l'*Allégorie de la caverne*, **Platon** défend l'idée que les hommes sont comme dans une grotte où ils ne verraient que des ombres sur les murs, et non la réalité du monde. Il ne s'agit toutefois pas d'une théorie de l'inconscient mais bien d'une dénonciation des illusions qui viennent des sens et de l'opinion.

L'ÉPOQUE MODERNE

- La philosophie moderne s'interroge sur les facultés de la raison et sur ce qui lui échappe, sans développer de théorie de l'inconscient.
- **Descartes** utilise l'exemple de la folie pour douter de ses propres connaissances.
- **Leibniz** parle de « petites perceptions » pour décrire les pensées qui nous échappent.
- Pour **Spinoza**, la conscience est une illusion qui nous cache le fait que nous sommes déterminés par nos affects naturels.

L'ÉPOQUE CONTEMPORAINE

- Freud est le premier à développer une théorie de l'inconscient selon laquelle nos pensées conscientes ne sont que le reflet d'un domaine psychique auquel nous n'avons pas accès et qui détermine nos représentations.
- L'idée d'inconscient permet le développement de la **psychanalyse**, dont le but est de soigner les troubles psychiques issus de l'inconscient. À la suite de Freud, plusieurs penseurs ont fondé leur propre école psychanalytique (Lacan, Jung…).
- Plusieurs courants philosophiques critiquent la psychanalyse, soit parce que l'idée d'inconscient remet en cause la liberté humaine (**Sartre**), soit parce qu'ils estiment qu'il ne s'agit pas d'une véritable science (**Popper**).

L'IDÉE D'INCONSCIENT REMET-ELLE EN CAUSE LA LIBERTÉ ?

NOTION : L'INCONSCIENT

NOTION : LA LIBERTÉ

Qu'implique l'idée d'inconscient ?

Que certaines parties de notre esprit nous échappent sans que nous puissions les contrôler.

Que veut dire « être libre » ?

Être libre implique de faire ses propres choix sans y être contraint.

PROBLÈME :

L'inconscient peut-il remettre en cause le sujet sans remettre en cause la liberté ?

I

L'inconscient s'oppose à la liberté

1. Pour Sartre, l'homme est libre parce qu'il a conscience de lui-même.
2. L'inconscient freudien repose sur un déterminisme psychique qui rejette la liberté individuelle.
3. Pour Levinas, l'idée d'inconscient pousse l'homme à se replier sur lui-même et à oublier tout rapport avec autrui.

II

L'inconscient fait partie de l'être humain

1. Si l'inconscient fait partie de moi, il n'exerce pas de force extérieure mais contribue à me définir.
2. La psychanalyse a une vocation curative. Accepter l'inconscient signifie se libérer de lui.
3. De nombreux phénomènes ont lieu dans notre cerveau sans que nous en ayons conscience, et ne remettent pas en cause le rôle du sujet.

LA JUSTICE

LA JUSTICE

LA JUSTICE EST UN PRINCIPE À LA FOIS MORAL ET POLITIQUE QUI CHERCHE À GUIDER LES ACTIONS

... ET LA MORALE

La justice en tant que norme de conduite

SUJET TYPE BAC
COMMENT DÉCIDER QU'UN ACTE EST JUSTE ?

Aristote présente la justice comme une vertu, c'est-à-dire une pratique éthique, qui permet aux hommes d'atteindre le bien commun.

Pour **saint Augustin**, la justice provient de l'amour de Dieu. Il s'agit d'un principe moral qui pousse l'homme à tendre vers un idéal (justice divine).

Hume souligne le fait que l'action morale procure du plaisir à celui qui l'accomplit. Derrière son caractère désintéressé, la justice morale obéit donc à une fonction d'utilité sociale.

ST AUGUSTIN

... ET LA CONSCIENCE

L'intériorisation de la justice

SUJET TYPE BAC
RESSENTIR L'INJUSTICE M'APPREND-IL CE QUI EST JUSTE ?

Dans la **philosophie antique** (Platon, Aristote, stoïcisme, etc.), la justice est une disposition innée et universelle, inscrite dans la conscience de chaque homme.

Pour **Hegel**, la justice présuppose la liberté et la conscience. L'objectif de la sanction est de faire réfléchir aux conséquences de ses actes.

Face à l'injustice, les œuvres d'art invoquent fréquemment l'idée d'un sens de la justice personnel et intériorisé capable de s'opposer aux institutions (Antigone, Zorro, etc.).

HEGEL, P. 87

La justice en tant qu'institution

SUJET TYPE BAC
POURQUOI LA JUSTICE A-T-ELLE BESOIN D'INSTITUTIONS ?

… ET L'ÉTAT

Aristote distingue deux sortes de justices. La première est personnelle et relative, tandis que la seconde est globale et concerne les lois de la cité.

Pour **Hobbes**, la justice est un système lié au *droit positif*. Il n'existe pas de droit naturel mais uniquement des droits civils définis par un souverain sur un territoire donné.

Pour **Beccaria**, l'État ne doit pas chercher un idéal de justice, mais doit disposer d'un système judiciaire efficace, qui permette d'éviter les délits.

HUMAINES. ELLE PEUT DÉSIGNER UNE NORME DE COMPORTEMENT QU'IL FAUT SUIVRE SELON SA DROITURE MORAL, MAIS ÉGALEMENT UN POUVOIR CAPABLE DE FAIRE RESPECTER LES LOIS.

ARISTOTE, P. 77

SUJET TYPE BAC
LA JUSTICE NE VISE-T-ELLE QUE LA PAIX SOCIALE ?

… ET LA SOCIÉTÉ

Pour **Platon**, la justice est liée à la recherche de l'harmonie sociale. Il s'agit de préserver l'ordre de telle sorte que chacun puisse retirer ce à quoi il a droit en fonction de sa place dans la société.

Pour **Mill**, la justice est moins importante que l'utilité sociale. L'objectif de la société n'est pas d'être juste mais d'augmenter le bien-être individuel (utilitarisme).

Rawls défend une justice sociale fondée sur l'équité. La justice a une fonction redistributive pour permettre aux plus démunis de profiter de la richesse commune.

La justice en tant que pratique sociale

RAWLS, P. 95

PHILOSOPHIE DE LA JUSTICE

La justice est un concept polysémique, qui intègre des questions morales, politiques et philosophiques. La justice désigne à la fois ce qui est juste et qui peut être valorisé moralement, mais également les institutions capables de dire le droit et de régler les conflits.

L'ANTIQUITÉ

- La philosophie antique fait de la justice une **vertu morale**, plutôt qu'une institution. Elle désigne les relations d'équité entre les membres de la cité, et plus généralement l'harmonie qui doit exister dans le cosmos.
- Pour **Platon**, la justice peut être comparée à la médecine car elle cherche à préserver la santé du corps politique. Son objectif est de maintenir l'équilibre entre les citoyens.
- **Aristote** définit la justice comme la vertu suprême, c'est-à-dire la capacité qu'a l'homme de juger les situations pour adapter son comportement en conséquence et garantir le bien.

L'ÉPOQUE MODERNE

- La philosophie moderne s'intéresse à l'articulation entre les **droits politiques** et le **droit naturel**. La justice cesse d'être un concept moral ou religieux, pour devenir un pouvoir politique avec des obligations d'efficacité.
- Pour **Machiavel**, l'État doit débarrasser la justice de la morale et se concentrer sur ses fonctions de maintien de l'ordre. Le Prince ne doit pas chercher à être bon, mais à faire fonctionner son État.
- **Beccaria** remet en cause l'inefficacité du système judiciaire, avec l'usage de la torture et de la peine de mort, et préconise la proportionnalité des délits et des peines, qui est encore à la base du système judiciaire contemporain.

L'ÉPOQUE CONTEMPORAINE

- Au cours du XIXe siècle se développe la notion de **justice sociale**, qui vise l'égalité des droits, mais également la redistribution des ressources.
- Pour **l'utilitarisme** (Bentham), la justice a pour but de favoriser le bonheur collectif.
- Pour **Rawls**, la justice doit garantir le principe **d'égalité des chances**. La justice doit chercher à corriger les inégalités sociales de façon à ce qu'elle profite à tous.

LA GUERRE PEUT-ELLE ÊTRE JUSTE ?

NOTION : LA JUSTICE

NOTION : L'ÉTAT

Que signifie être « juste » ?

La justice peut désigner soit une norme morale, soit le respect des convention.

Comment définir la guerre ?

Une guerre est un état de conflit ouvert et armé entre deux opposants.

PROBLÈME :

Un conflit armé peut-il obéir à des règles morales ou juridiques ?

I

Le paradigme de la guerre juste

La guerre juste est traditionnellement définie comme une guerre dont les causes sont moralement justes.

Saint Augustin définit la guerre juste comme une guerre sainte dont le but est la propagation ou la défense de la foi.

II

Le droit définit les règles de la guerre

Pour Hobbes, la guerre est « juste » quand elle oppose deux États obéissant à des règles juridiques.

Le droit international fixe les règles que doivent suivre les belligérants (déclaration, utilisation d'armes, prisonniers…).

III

Vers une criminalisation des conflits ?

Les conflits du XXe siècle ont vu l'émergence d'une guerre totale ne respectant plus les règles qu'elle s'était fixées.

Les sociétés contemporaines tendent à rejeter certaines pratiques (armes illégales) mais également la guerre elle-même.

LE LANGAGE

LE LANGAGE

ISSU DU LATIN *LINGUA*, LE LANGAGE DÉSIGNE LA FACULTÉ D'EXPRIMER UNE PENSÉE PAR UN SYSTÈME DE SIGNES

... ET LA PENSÉE

Activité psychique, idée, représentation

SUJET TYPE BAC
EN QUEL SENS PEUT-ON DIRE QUE NOS PAROLES DÉPASSENT NOTRE PENSÉE ?

Le langage s'appuie sur des **mots** pour formuler la pensée. Les mots sont composés de **morphèmes** (plus petite unité de sens).

La pensée et les mots sont indissociables. Ce que l'on nomme l'**ineffable** (qui ne peut être exprimé par des mots) renvoie à une pensée inachevée (**Hegel**).

La nécessité de **communiquer** pousse à utiliser un langage compréhensible par les autres. Les différentes langues conditionnent ainsi l'expression de la pensée (**Claude Levi-Strauss**).

MONTAIGNE

... ET L'HUMANITÉ

L'homme, par opposition aux animaux

SUJET TYPE BAC
LE LANGAGE EST-IL UNE INVENTION HUMAINE ?

Descartes défend la théorie de l'**animal-machine** : les animaux seraient de simples automates dépourvus de langage et de pensée.

Montaigne défend l'idée que les animaux ont leur propre langage qui nous échappe, et qui ne serait pas plus différent que la différence entre deux langues.

Benveniste oppose la « communication », propre à l'animal, et le « langage », propre à l'être humain.

DESCARTES, P. 81

Capacité, faculté de faire agir, puissance, autorité

SUJET TYPE BAC
LA PAROLE PEUT-ELLE ÊTRE UN INSTRUMENT DE DOMINATION ?

… ET LE POUVOIR

Le langage est utilisé en politique pour **convaincre** et **persuader** l'autre. Parler permet de se présenter comme un acteur de la vie politique (Hannah Arendt).

La parole peut être utilisée pour modifier les faits via le **mensonge** ou le **sophisme** et s'oppose alors à la recherche de la vérité (Platon).

Le langage est enfin un outil de **distinction sociale** qui reflète le **capital culturel** du locuteur (Pierre Bourdieu).

(VOCAUX, GESTUELS…). LA LANGUE PARLÉE EST AINSI UNE MANIFESTATION DU LANGAGE ACQUISE DURANT L'ENFANCE.

PLATON, P. 76

SUJET TYPE BAC
LE DIALOGUE EST-IL LE CHEMIN DE LA VÉRITÉ ?

… ET LA VÉRITÉ

La concordance entre le discours et la réalité

La pratique du dialogue cherche à atteindre des principes qui rencontrent l'adhésion de tous les intéressés en dépassant les limites de la **subjectivité** (Habermas).

Pour **Bergson**, le langage est avant tout « utilitaire ». Les paroles prononcées le sont toujours dans un contexte donné, par des individus donnés.

Austin distingue deux types de langages : ceux qui cherchent à décrire le monde (constatifs) et ceux qui agissent directement dessus (performatifs) et ne sont donc ni vrais ni faux.

BERGSON

PHILOSOPHIE DU LANGAGE

La philosophie du langage est la branche de la philosophie qui s'intéresse au sens des mots et à la structure des langues.

L'ANTIQUITÉ

- Le concept de **logos** désigne, dans la philosophie antique, le discours parlé ou écrit. Son sens s'est progressivement élargi pour désigner la raison ou la logique.
- La **rhétorique** est la discipline qui cherche à convaincre l'autre par le biais du langage et de **l'argumentation**. Elle joue un rôle central dans la vie politique et la philosophie antique, et est au cœur du mouvement des sophistes.
- La **logique** est au contraire la discipline qui cherche à utiliser le langage à des fins de **démonstration** scientifique.

L'ÉPOQUE MODERNE

- La philosophie moderne s'intéresse au rapport entre les signes et les représentations. La ***Logique de Port-Royal*** cherche ainsi à montrer qu'il existe une grammaire universelle qui permet d'expliquer rationnellement le fonctionnement de la langue.
- **Ockham** est l'un des premiers à faire du langage un discours mental : les mots sont des traductions dans le langage d'une idée mentale. De la même manière, le langage écrit est une traduction du langage parlé.
- Pour **Hobbes**, le langage a une fonction expressive : les mots sont des signes qui servent à exprimer des idées sur la réalité. La fonction de la langue est donc plus importante que sa signification.

L'ÉPOQUE CONTEMPORAINE

- Au début du XXe siècle, la **philosophie analytique** a cherché à réaliser une critique du langage pour montrer les erreurs de raisonnement que le langage ordinaire engendre.
- Pour **Russell**, le langage classique est une source de confusion. Pour améliorer les raisonnements, il est nécessaire de construire un langage logique qui échappe aux erreurs du langage.
- Dans le ***Tractatus logico-philosophicus***, Wittgenstein cherche à définir les limites du langage pour comprendre quand le langage peut faire sens. Plus tard, il cherchera au contraire à comprendre le langage à partir de son contexte et des circonstances dans lesquelles on parle.

LES MOTS NOUS ÉLOIGNENT-ILS DES AUTRES ?

NOTION : **LE LANGAGE**

Que sont les mots ?

Les mots sont les signes qui composent un langage oral.

Qu'entend-t-on par les autres ?

Les autres sont tous les êtres humains qui ne sont pas moi.

PROBLÈME :

La langue est-elle un outil de rapprochement ou crée-t-elle des barrières entre les hommes ?

I

Le langage a une fonction sociale

L'objectif d'un langage est de communiquer avec les autres, y compris les langues non parlées (animaux, codes informatiques…).

Pour Habermas, les mots doivent permettre un dialogue intersubjectif entre les interlocuteurs sociaux.

II

Les mots sont une source de distinction

Les mots peuvent être une source d'exclusion pour ceux qui ne les maîtrisent pas (argot, sourds et muets, langue étrangère…).

La maîtrise du langage est un outil politique et social permettant d'unifier un groupe (Académie française).

III

Les mots peuvent être source de confusion

Pour Wittgenstein, le langage naturel n'est pas assez précis et nécessite la création d'une langue plus logique.

Les mots n'expriment pas toujours précisément la pensée et peuvent donc entraîner rapprochement ou éloignement des autres.

LA LIBERTÉ

SUJET TYPE BAC
POURQUOI VOULONS-NOUS ÊTRE LIBRES ?

La volonté désigne la faculté d'effectuer un libre choix. La liberté se présente comme un **libre arbitre** capable d'arbitrer entre plusieurs possibilités.

Activité psychique, idée, représentation

Pour les **stoïciens**, seule la volonté est libre car elle dépend uniquement de nous : le sage est libre même en prison car il ne fait que ce qui ne dépend que de lui.

… ET LA VOLONTÉ

Pour **Descartes**, la liberté doit mélanger la *volonté* et la *connaissance* : être libre ne veut pas dire vouloir quelque chose gratuitement mais avoir de bonnes raisons de le vouloir.

LA LIBERTÉ

LA LIBERTÉ PEUT DÉSIGNER À LA FOIS UN ÉTAT D'ABSENCE, DE CONTRAINTE ET DE SOUMISSION, ET L'AUTONOMIE D'UN

DESCARTES, P. 81

SUJET TYPE BAC
ÊTRE SEUL, EST-CE ÊTRE LIBRE ?

Pour **Sartre**, l'homme est libre dans son essence. Il n'est pas déterminé par sa nature ni par une force extérieure. La seule limite à sa liberté est la volonté des autres : « L'enfer, c'est les autres. »

… ET AUTRUI

La **sociologie** nous montre les limites de la liberté. La présence des autres conditionne et limite nos choix, et peut même nous priver de certaines libertés (emprisonnement, etc.).

Les autres, ce qui n'est pas moi

Pour **Hannah Arendt**, la liberté est liée à la capacité des hommes à agir les uns avec les autres. La liberté suppose donc l'existence d'une pluralité d'individus différents.

SARTRE, P. 92

Les règles qui définissent ce qu'il est possible de faire

SUJET TYPE BAC
LE DROIT PEUT-IL GARANTIR LA LIBERTÉ ?

... ET LE DROIT

Les **droits de l'homme** définissent un ensemble de libertés comme des droits fondamentaux : liberté d'expression, de réunion, etc.

Pour **Hobbes**, l'instauration d'un État de droit nécessite que l'homme renonce à sa liberté naturelle. La sécurité garantie par l'État suppose la fin des libertés.

Hannah Arendt oppose liberté formelle et liberté réelle : le droit ne suffit pas pour garantir la liberté, qui nécessite l'existence d'un appareil politique capable de protéger ses citoyens.

HANNAH ARENDT, P. 93

SUJET CAPABLE DE FAIRE SES PROPRES CHOIX. ON DISTINGUERA AINSI LA LIBERTÉ NÉGATIVE, EN TANT QU'ABSENCE DE CONTRAINTE, ET LA LIBERTÉ POSITIVE, COMME CAPACITÉ À AGIR.

SUJET TYPE BAC
LE TRAVAIL N'EST-IL QU'UNE CONTRAINTE ?

... ET LE TRAVAIL

Le **travail** a parfois eu recours à des privations totales de liberté pour faire fonctionner l'économie : esclavage, bagne, camp de travail (goulag), etc.

Le **libéralisme économique** repose sur l'idée que le travail doit être libre et dépourvu d'intervention de l'État. Chacun peut travailler et consommer sans être contraint.

Pour le **marxisme**, les libertés économiques relèvent d'une oppression déguisée (aliénation) : le capitalisme prive l'homme de sa liberté, parce qu'il doit d'abord assurer ses besoins vitaux.

L'ensemble des activités productrices

MARX, P. 89

PHILOSOPHIE ET LIBERTÉ

La liberté occupe une place importante en philosophie, entre métaphysique et philosophie politique. La question du déterminisme et du libre arbitre est une querelle majeure dans l'histoire de la philosophie.

L'ANTIQUITÉ

- La philosophie antique est dominée par l'idée de **destin** et de **nécessité**, qui s'imposent aux hommes. La liberté n'est pas conçue comme le fait de faire ses propres choix, mais seulement dans sa réaction face aux événements.
- Le **stoïcisme** cherche à concilier liberté et nécessité en affirmant que seule la volonté est libre. L'homme peut donc choisir d'accepter ou non ce qui lui arrive, même s'il n'est pas capable de le changer.

L'ÉPOQUE MODERNE

- La philosophie moderne est marquée par l'émergence de l'idée de **libre arbitre**, l'homme peut se déterminer lui-même, penser et agir seul. D'abord lié à des enjeux religieux, le concept devient vite une question juridique avec la **philosophie des Lumières**.
- Pour **Descartes**, la liberté est le propre de la pensée. Contrairement aux autres choses, l'homme peut faire ses propres choix.
- Au contraire, pour **Spinoza**, le libre arbitre est une pure illusion qui cache à l'être humain la réalité des déterminismes naturels.

L'ÉPOQUE CONTEMPORAINE

- Le débat sur le déterminisme et la liberté continue au XXe siècle avec le développement des sciences et l'émergence de la **sociologie**, qui montre les limites de l'action humaine.
- Pour les **philosophes existentialistes** (Sartre), l'homme est entièrement libre. Il détermine lui-même ses propres choix sans être contraint de les faire.
- Pour les **philosophes structuralistes** (Durkheim), le libre arbitre se heurte à la présence de structures sociales et économiques qui viennent limiter sa liberté.

LA LIBERTÉ CONSISTE-T-ELLE À N'OBÉIR À PERSONNE ?

NOTION : LA LIBERTÉ

Qu'est-ce qui me rend libre ?

La liberté réside dans l'absence de contraintes et la capacité à décider par soi-même.

Qu'implique l'obéissance ?

Obéir signifie suivre les directives données par quelqu'un d'autre.

PROBLÈME :

La liberté se limite-t-elle à être totalement indépendant ?

I

La liberté nécessite l'indépendance

Dans la cité antique, l'homme libre est celui qui n'a pas à assurer ses besoins vitaux, contrairement aux esclaves.

La dépendance à quelque chose ou quelqu'un (narcotique, enfance, tutelle…) implique une diminution des libertés.

II

La liberté implique la présence d'autrui

Pour Hannah Arendt, la liberté est toujours une action politique qui implique une pluralité d'hommes.

L'homme agit toujours dans un cadre physique et social déterminé, qui conditionne ses possibilités d'action sans abolir sa liberté.

III

Obéir ou non n'obère pas la liberté

L'obéissance à un ordre ne suffit pas à justifier la perte de liberté et de responsabilité (procès de Nuremberg).

Pour Sartre, la liberté est l'essence même de l'homme. Que je choisisse d'obéir ou de désobéir, je n'en reste pas moins libre.

LA NATURE

SUJET TYPE BAC
LA CULTURE EST-ELLE UNE SECONDE NATURE

La nature constitue le milieu qui entoure l'être humain. Quelles que soient les modifications qu'il réalise, l'homme vit toujours au milieu d'un **environnement naturel**.

Pour **Hannah Arendt**, tout ce que l'homme fait ou produit constitue le milieu dans lequel il vit, qui n'est donc plus seulement naturel mais **culturel**.

Pour **Merleau-Ponty**, tout est à la fois naturel et culturel. La culture est un produit de la nature humaine, qui modifie ainsi sa propre nature.

Ensemble des croyances et pratiques communes

… ET LA CULTURE

HANNAH ARENDT, P. 93

LA NATURE

LA NATURE PEUT DÉSIGNER DEUX RÉALITÉS. D'UNE PART, IL S'AGIT DE L'ESSENCE DE QUELQUE CHOSE,

SUJET TYPE BAC
Y A-T-IL UNE DIFFÉRENCE DE NATURE ENTRE L'HOMME ET L'ANIMAL ?

L'homme est un être vivant, comme les animaux et les végétaux. Il existe donc naturellement sans qu'il y ait besoin d'intervention humaine.

Pour **Descartes**, seul l'homme peut faire des choix et possède une conscience. Les animaux ne sont que des machines biologiques (animal-machine).

Même s'ils ne sont pas rationnels, les animaux ressentent des émotions. Pour **Rousseau**, tout animal se caractérise par un amour de soi qui le pousse à se préserver.

… ET L'HUMANITÉ

L'homme, par opposition aux animaux

DESCARTES, P. 81

CE QU'ELLE EST VRAIMENT, LES RÈGLES QU'ELLE SUIT. D'AUTRE PART, IL S'AGIT DE L'ORDRE BIOLOGIQUE, QUI EXISTE NATURELLEMENT SANS INTERVENTION HUMAINE.

... ET LA TECHNIQUE

Le savoir-faire qui organise une pratique

SUJET TYPE BAC
LA TECHNIQUE S'OPPOSE-T-ELLE À LA NATURE ?

Pour **Aristote**, les êtres naturels « ont en eux-mêmes leur principe de mouvement ». Les objets artificiels sont purement matériels et ne peuvent pas se déplacer seuls.

Pour **Marx**, la technique est le propre de l'homme. L'homme peut établir des plans et modifier la nature selon son imagination.

Pour **Hannah Arendt**, la technique contribue à détruire la nature. Les matériaux utilisés (bois, métal, etc.) disparaissent dans la fabrication d'un nouvel objet.

MARX, P. 89

... ET LE DROIT

Les règles qui définissent ce qu'il est possible de faire

SUJET TYPE BAC
LA NATURE A-T-ELLE DES DROITS ?

Le droit classique vise déjà à protéger certaines ressources stratégiques. Le premier code forestier date de **1346** et vise à limiter la consommation de bois.

Le droit de l'environnement s'est développé à partir des années 1970. Il vise à protéger **le droit de l'homme** à vivre dans un environnement sain.

Pour **Bentham**, le droit n'est pas lié à la raison mais à la capacité à ressentir des sensations. Comme les animaux peuvent souffrir, ils doivent également être protégés.

BENTHAM, P. 86

LA PHILOSOPHIE ET LA NATURE

La nature est ce qui existe en dehors de l'homme et de ce qu'il produit. Elle désigne le milieu non artificiel qui entoure les êtres humains.

L'ANTIQUITÉ

- Dans la philosophie antique, la nature s'appuie sur l'idée de **cosmos**, qui constitue un modèle pour guider les conduites humaines.
- Pour les **épicuriens**, la sagesse doit chercher la satisfaction des besoins naturels. Les plaisirs non naturels, comme la richesse ou la vie politique, sont considérés comme nocifs et nuisibles.
- Pour **Aristote**, la science passe par l'observation du vivant et la compréhension de la finalité naturelle de chaque chose.

L'ÉPOQUE MODERNE

- Avec l'époque moderne, la nature désigne un ensemble de **lois naturelles** qui constituent un ordre universel auquel l'homme est soumis mais dont il peut également sortir.
- Les théories du **droit naturel** (Hobbes, Locke…) reposent sur l'idée qu'il existe un « état de nature » dont l'homme sort par l'instauration du droit pour assurer sa sécurité et celle de ses biens.
- Pour **Descartes**, l'homme doit se rendre « maître et possesseur de la nature ». Avec le développement de la science, l'homme est désormais capable d'agir sur la nature et d'en contrôler les manifestations.

L'ÉPOQUE CONTEMPORAINE

- À l'époque contemporaine, la question de la nature est marquée à la fois par le développement de la biologie et des sciences naturelles, mais également par le retour d'une approche **naturaliste** qui dépasse l'opposition nature/culture.
- Pour **Nietzsche**, la culture moderne engendre un rejet des valeurs naturelles et un sentiment de mal-être général.
- Pour **Claude Lévi-Strauss**, il n'est pas possible de séparer ce qui relève de la culture et ce qui relève de la nature. L'homme est naturellement un être de culture.

PEUT-ON À LA FOIS PRÉSERVER ET DOMINER LA NATURE ?

Que signifie préserver ? Et dominer ?

La préservation implique de maintenir quelque chose en l'état, quand la domination suppose un contrôle absolu.

Quelle nature peut-on dominer ou préserver ?

L'ensemble des phénomènes biologiques qui existent en dehors de l'action humaine.

NOTION : LA NATURE

PROBLÈME : **Est-il possible de contrôler la nature sans la transformer ?**

I — La volonté de contrôle de la nature

La tentative de dominer commence dès la « révolution néolithique » où l'homme se met à domestiquer des plantes et des animaux.

Pour Descartes, l'homme doit se rendre « maître et possesseur de la nature ». Il doit la comprendre pour mieux la contrôler.

II — La nécessaire préservation de la nature

L'homme est un être naturel qui existe sans intervention humaine. Protéger la nature signifie également protéger la nature humaine.

Pour Jared Diamond, l'adaptation aux conditions naturelles est un élément essentiel de la survie des sociétés.

III — Préserver la nature pour protéger l'homme

La nature apporte un ensemble de ressources utiles pour l'homme. La protéger est donc un enjeu économique.

Comme dans le paradoxe de l'observateur, protéger la nature implique déjà une intervention humaine qui la transforme.

LA RAISON

Le **rationalisme** est un courant philosophique pour qui la raison est la seule source de connaissance. On ne peut penser la réalité qu'à l'aide de raisonnements logiques.

SUJET TYPE BAC
LA RAISON PEUT-ELLE TOUT EXPLIQUER ?

Ensemble des informations accumulées

Pour **Descartes**, il existe un ensemble d'idées innées, claires et distinctes, qu'on peut atteindre uniquement par la raison (innéisme).

… ET LA CONNAISSANCE

Pour la **phénoménologie**, la connaissance provient de l'intuition. Il ne s'agit pas d'un raisonnement rationnel mais d'un constat d'évidence face à la réalité perçue.

LA RAISON

LA RAISON VIENT DE LA NOTION DE « CALCUL » EN LATIN. ELLE SE DÉFINIT COMME LA CAPACITÉ DE L'HOMME À RÉALISER DES

DESCARTES, P. 81

SUJET TYPE BAC
EST-IL RATIONNEL DE SE MÉFIER DES FAITS ?

Pour **Platon**, la réalité sensible et matérielle est toujours changeante. Les sens s'opposent donc à la raison et sont une source d'illusion.

… ET LES SENSATIONS

L'**empirisme** (Aristote, Hume…) est un courant philosophique pour qui toute connaissance vient des sens et de l'accumulation de faits observables.

Ce qui nous permet de percevoir les choses

Kant veut concilier rationalisme et empirisme sous la forme d'un rationalisme critique, dans lequel la raison cherche à organiser l'expérience sensible.

PLATON, P. 76

La succession des événements dans le temps

SUJET TYPE BAC
PEUT-IL Y AVOIR DES LOIS DE L'HISTOIRE ?

… ET L'HISTOIRE

Pour **Hegel**, l'histoire est la manifestation de la raison : « Ce qui est rationnel est réel et ce qui est réel est rationnel. »

Pour **Auguste Comte**, l'histoire se présente comme une série de progrès qui vont vers davantage de raison, selon des étapes successives.

Pour **Marx**, l'histoire n'obéit pas à des règles rationnelles mais est le résultat de conditions matérielles et de rapports de pouvoir.

JUGEMENTS ET À ORGANISER DES RAISONNEMENTS SELON DES NORMES LOGIQUES. ELLE S'OPPOSE À LA NOTION DE SENSIBILITÉ, BASÉE SUR LA PERCEPTION DES SENS ET LES ÉMOTIONS.

AUGUSTE COMTE, P. 88

SUJET TYPE BAC
COMMENT PUIS-JE SAVOIR SI J'AI RAISON

… ET LA VÉRITÉ

La raison s'appuie sur un ensemble de règles logiques pour déterminer si quelque chose est vrai : principe d'identité, de non-contradiction, tiers exclu, etc.

Un **paradoxe** est une proposition que la raison ne peut pas résoudre. Si quelqu'un affirme « ce que je dis est faux », sa phrase n'est ni vraie ni fausse (**paradoxe du menteur**).

Les **théories du complot** prétendent disposer d'une vérité alternative qui transcende les règles de la raison et les critiques qu'on peut leur opposer.

La concordance entre le discours et la réalité

HEGEL, P. 87

LA PHILOSOPHIE ET LA RAISON

La raison est l'outil qui permet à l'homme de penser, de faire des calculs et des analyses logiques. Elle joue un rôle central dans les réflexions des philosophes au cours de l'histoire.

LA RAISON ANTIQUE

- Dès l'Antiquité, la philosophie cherche à promouvoir l'usage de la raison (**logos**) pour atteindre la vérité, plutôt que la mythologie ou la superstition.
- Pour Platon, la raison permet de contempler les idées (idéalisme). Au contraire, les sens ne font que nous tromper sur la réalité du monde.
- Pour Aristote, la raison est l'outil par excellence du philosophe. Si l'homme est un animal rationnel, le philosophe utilise la raison pour organiser le savoir et ordonner les connaissances.

LE RATIONALISME MODERNE

- Avec la philosophie moderne, le **rationalisme** impose l'idée que la raison est la seule source de la connaissance. Tout ce qui existe est donc explicable par la raison.
- Pour **Leibnitz**, rien n'arrive sans raison. La réalité peut donc être interprétée comme un tout parfaitement ordonné, que la raison peut chercher à comprendre.
- Pour les **empiristes**, au contraire, la connaissance vient des sens et de l'expérience. La raison sert à organiser les expériences, mais elle n'est pas la source de la connaissance.

LES LIMITES DE LA RAISON

- La philosophie contemporaine cherche à comprendre le fonctionnement de la raison, et à en définir les limites, en particulier vis-à-vis de la science
- Pour **Kant**, la raison ne peut pas connaître toute la réalité. Certaines idées, comme Dieu ou la liberté, échappent aux raisonnements logiques. La raison est toujours importante mais voit ses prétentions limitées.
- Pour **Hegel**, la raison n'est pas une réalité universelle mais est liée aux évolutions historiques. La rationalité implique de critiquer les certitudes antérieures pour continuer à faire évoluer la raison.

LA RAISON A-T-ELLE BESOIN DE DOUTER ?

NOTION : LA RAISON

NOTION : LA SCIENCE

Qu'est-ce que la raison ?

La raison est la faculté de réaliser des jugements logiques.

Qu'est-ce que le doute implique ?

Douter signifie remettre en cause ses acquis.

PROBLÈME :

Si la raison est logique, pourquoi devrait-elle se remettre en question ?

I
La raison et l'accès à la connaissance

Pour Platon, la raison permet de fonder un savoir sûr et bien établi face aux illusions des sens.

Face aux théories du complot, réaffirmer le rôle de la raison peut apparaître comme une nécessité.

II
Les limites de la raison

La raison peut être soumise à des biais cognitifs (paradoxe du menteur, biais du survivant, etc.).

Plusieurs découvertes scientifiques admises ont déjà été remises en cause (structure de l'atome, etc.).

III
Inclure le doute dans la raison

Descartes fait du doute hyperbolique une méthode de démonstration pour accéder à la vérité.

Pour Popper, la remise en cause des savoirs antérieurs est au cœur du processus scientifique.

LA RELIGION

LA RELIGION

LA RELIGION EST L'ENSEMBLE DES CROYANCES ET DES PRATIQUES COLLECTIVES RELATIVES AU SACRÉ. LES RELIGIONS

... ET LA RAISON

Capacité à penser et à réaliser des raisonnements logiques

SUJET TYPE BAC
EST-IL DÉRAISONNABLE DE CROIRE EN DIEU ?

Leibnitz cherche à démontrer l'existence de Dieu à partir de l'idée de raison suffisante : comme rien n'existe sans raison, il est nécessaire de postuler l'existence d'une puissance supérieure.

Spinoza assimile Dieu et la nature. Dieu n'est donc pas une personne comme dans les religions monothéistes, mais la somme des lois naturelles.

Le **pari de Pascal** est un argument logique selon lequel croire en Dieu est plus rationnel et mathématiquement plus intéressant que ne pas croire.

SPINOZA, P. 82

... ET L'HUMANITÉ

L'homme, par opposition aux animaux

SUJET TYPE BAC
LES RELIGIONS SÉPARENT-ELLES LES HOMMES ?

Dans le monde antique, la religion est politique. Chaque cité possède ses **mythes** et son propre culte, qui forment des **coutumes** propres à un territoire.

Les **religions monothéistes** ont une vocation universelle. Elles pensent Dieu comme un être unique auquel tout homme doit vouer un culte.

Le XXe siècle a vu apparaître des **mouvements spirituels** (new age, néopaganisme, bouddhisme, etc.) qui répondent à un besoin de croyances plus individuelles.

ST THOMAS D'AQUIN

Ensemble des rapports entre les hommes

… ET LA SOCIÉTÉ

SUJET TYPE BAC
LA RELIGION PEUT-ELLE N'ÊTRE QU'UNE AFFAIRE PRIVÉE ?

Les droits de l'homme reconnaissent la liberté de culte comme une liberté fondamentale, qui inclut la liberté de croyance mais aussi de pratique religieuse.

Pour **Marx**, la religion est « l'opium du peuple ». Cette formule signifie que le peuple trouve dans la religion un moyen d'oublier sa misère matérielle en imaginant un au-delà fictif.

Les sociétés contemporaines sont dites « **sécularisées** » car les pratiques religieuses y jouent un rôle faible, contrairement aux époques où la religion était au cœur de la société.

MARX, P. 89

SONT L'ENSEMBLE DES INSTITUTIONS QUI ORGANISENT LES PRATIQUES CULTUELLES ET LES CROYANCES COLLECTIVES.

… ET LA SCIENCE

SUJET TYPE BAC
SCIENCE ET RELIGION S'OPPOSENT-ELLES ?

Le **procès de Galilée** marque une rupture entre la science et l'Église catholique qui conduira au développement du rationalisme et de l'empirisme.

Auguste Comte a tenté de créer une « religion positiviste » dans laquelle la science serait enseignée comme une religion.

La **science des religions** s'est développée à partir du XIXe siècle, avec l'apparition de la sociologie, pour comprendre le fonctionnement et l'utilité des religions (Durkheim, Max Weber, etc.).

Ensemble des disciplines constituant le savoir rationnel

AUGUSTE COMTE, P. 88

PHILOSOPHIE ET RELIGION

La philosophie s'intéresse à la religion à la fois en tant que pratique sociale (qu'est-ce qu'une religion ? que signifie « croire » ?) et pour les idées qu'elle implique (Dieu existe-t-il ?).

ANTIQUITÉ ET MOYEN ÂGE

- La philosophie antique ne remet pas en cause l'existence des dieux, mais cherche à penser le monde en dehors de la religion. **Socrate** est condamné à mort pour impiété envers les dieux.
- Pour **Aristote**, Dieu est un concept nécessaire pour comprendre l'organisation du cosmos (premier moteur). On ne peut toutefois le décrire que négativement, c'est-à-dire par rapport à ce que les hommes ne sont pas.
- La **scolastique médiévale** (**Thomas d'Aquin**) s'inspire de la philosophie d'Aristote, qu'elle cherche à concilier avec les principes de la croyance chrétienne.

L'ÉPOQUE MODERNE

- Le **rationalisme moderne** implique que la connaissance vient uniquement de la raison, et pas d'une révélation divine. La philosophie cherche alors à définir la place de la religion par rapport à la raison.
- Pour **Descartes**, l'existence de Dieu peut être prouvée rationnellement. Dieu est une idée innée dont l'existence est nécessaire pour pouvoir comprendre la réalité.
- Au contraire, pour **Kant**, Dieu ne peut pas être connu par la raison. La croyance religieuse est toutefois nécessaire pour des questions éthiques et morales mais pas pour des raisons métaphysiques.

L'ÉPOQUE CONTEMPORAINE

- Avec le développement des sciences humaines, la philosophie contemporaine adopte une approche **fonctionnaliste** de la religion. Celle-ci est alors analysée en fonction des effets qu'elle a par rapport à la société.
- Pour **Marx**, la religion se présente comme une institution qui entretient l'oppression du peuple en limitant son désir de révolte par l'illusion d'un monde de l'au-delà.
- Pour **Durkheim**, la religion est la première forme de lien social. Toute société a besoin de croyances communes et de rites sacrés pour exister collectivement.

LES RELIGIONS SÉPARENT-ELLES LES HOMMES ?

Sur quoi la religion porte-t-elle ?

La religion est un ensemble de pratiques cultuelles ayant trait au sacré.

NOTION : LA RELIGION

NOTION : LA SOCIÉTÉ

Comment les hommes vivent-ils ensemble ?

L'homme est un animal social vivant en communauté.

PROBLÈME :
Le sacré est-il une force de rassemblement ou de division entre les communautés ?

I
La religion est une source de distinction

1. Toute société est fondée sur l'appartenance à un groupe et le rejet des non-membres.

2. Les religions permettent de rassembler les hommes autour d'une idéologie et de pratiques communes.

3. Les religions peuvent également être sources de conflit en opposant les partisans d'un groupe (guerre de religion).

II
La religion, une idéologie comme les autres ?

1. Marx considère les religions comme « l'opium du peuple » car elles jouent un rôle idéologique majeur.

2. Toute idéologie peut opposer les hommes : fascisme et communisme sont deux mouvements athées radicalement opposés.

3. Malgré leur sécularisation, nos sociétés sont toujours en quête de sacré (valeurs républicaines, nouveaux mouvements spirituels…).

LA SCIENCE

SUJET TYPE BAC
FAUT-IL CONNAÎTRE SCIENTIFIQUEMENT LES SOCIÉTÉS POUR SAVOIR LES GOUVERNER ?

Ensemble des rapports qui existent entre les hommes

Les sciences sont liées aux évolutions de la société. Les institutions scientifiques contribuent à encadrer les découvertes des chercheurs (CNRS, universités, académie des sciences, etc.).

Les **sciences humaines** (sociologie, économie, ethnologie, etc.) sont l'ensemble des disciplines qui cherchent à comprendre et à rationaliser les comportements humains.

L'**enseignement** des sciences contribue à accroître la diffusion des savoirs dans la société et permet le développement des sciences elles-mêmes.

… ET LA SOCIÉTÉ

LA SCIENCE

ISSUE DU LATIN *SCIENTIA*, QUI SIGNIFIE LITTÉRALEMENT « CONNAISSANCE », LA SCIENCE EST À LA

DURKHEIM, P. 91

SUJET TYPE BAC
LE PROGRÈS SCIENTIFIQUE EST-IL LIÉ À L'ÉVOLUTION DES TECHNIQUES ?

La méthode **hypothético-déductive** est une technique scientifique qui consiste à émettre des hypothèses pour vérifier ensuite si leurs prédictions sont correctes.

Le **progrès scientifique** est lié à la capacité des **outils** à observer et mesurer les phénomènes : télescope, actinomètre, accélérateur de particules, modélisation par ordinateur, etc.

En améliorant les **connaissances**, la science contribue à l'amélioration de certaines technologies : organisation scientifique du travail, vaccins, rayons X, numérique, etc.

… ET LA TECHNIQUE

Le savoir-faire qui organise une pratique

AUGUSTE COMTE, P. 88

Système d'idées qui cherche à établir les fondements d'un domaine

SUJET TYPE BAC
LA PHILOSOPHIE PEUT-ELLE SE PASSER D'UNE RÉFLEXION SUR LES SCIENCES ?

... ET LA PHILOSOPHIE

De nombreux philosophes ont également des connaissances dans d'autres sciences : mathématiques (**Pascal**), physique (**Descartes**), économie (**Marx**), etc.

La **métaphysique** est la branche de la philosophie qui cherche à comprendre les conditions de la connaissance et sert donc de fondement aux sciences expérimentales (Descartes, Kant, etc.).

L'**épistémologie** est la branche de la philosophie qui cherche à comprendre les sciences comme un ensemble de faits étudiables (Russel, Popper, etc.).

FOIS L'ENSEMBLE DES CONNAISSANCES D'UN DOMAINE DONNÉ ET LA DÉMARCHE QUI PERMET DE CONSTITUER CETTE SOMME DE CONNAISSANCE.

DESCARTES, P. 81

SUJET TYPE BAC
LES VÉRITÉS SCIENTIFIQUES SONT-ELLES INDISCUTABLES ?

... ET LA VÉRITÉ

L'objectif de la science est d'accroître nos connaissances et a donc pour but d'atteindre la vérité. Cette vérité est toutefois non dogmatique et peut être remise en cause ou critiquée.

Pour **Popper**, le critère de la vérité scientifique est sa **réfutabilité**. Un énoncé n'est scientifique que si on peut le tester, pour le vérifier et le contester. Une théorie infaillible est non scientifique.

Pour **Kuhn**, le progrès scientifique n'est pas une accumulation de connaissances, mais une série de ruptures dans les paradigmes utilisés par les scientifiques.

La concordance entre le discours et la réalité

POPPER, *LA SOCIÉTÉ OUVERTE ET SES ENNEMIS*

PHILOSOPHIE ET SCIENCES

La philosophie des sciences cherche à étudier le fonctionnement et l'histoire des sciences, les fondements de la méthode scientifique ainsi que son impact sur la société.

L'ANTIQUITÉ

- La philosophie antique ne fait pas de différence entre la science et la philosophie. La **philosophie naturelle** est le nom employé jusqu'au XVIIe siècle pour désigner l'étude de la nature.
- Pour **Platon**, les sciences comme la géométrie ne sont pas une finalité mais le préalable pour atteindre l'état d'abstraction nécessaire à la philosophie.
- **Aristote** est le premier philosophe à réfléchir sur une méthode de progrès scientifique basée sur l'induction et l'observation des phénomènes.

L'ÉPOQUE MODERNE

- Avec le développement de la **science moderne**, les sciences deviennent autonomes vis-à-vis de la philosophie, tout en restant liées. Les philosophes contribuent aux différents domaines de connaissances et s'impliquent dans les progrès scientifiques, en particulier en mathématique et en physique.
- Les découvertes de Galilée poussent **Descartes** à remettre en cause l'ensemble de ses connaissances et à mettre en place une méthode universelle pour rechercher la vérité.
- **Pascal** cherche à développer une méthode de recherche axiomatique calquée sur les raisonnements mathématiques.
- Tout en s'opposant au progrès et à la diffusion des sciences, **Rousseau** s'appuie sur les travaux de naturalistes comme Buffon pour développer sa théorie de l'état de nature.

L'ÉPOQUE CONTEMPORAINE

- La spécialisation et les progrès des sciences conduisent les philosophes contemporains à s'interroger sur le processus scientifique lui-même et les méthodes employées par les scientifiques.
- **Auguste Comte** fonde le positivisme scientifique sur l'idée d'un progrès historique des sciences. Seules les propositions descriptibles et vérifiables peuvent être considérées comme scientifiques, et il est donc nécessaire de renoncer à la métaphysique.
- Pour **Thomas Kuhn**, le progrès scientifique n'est toutefois pas linéaire. Il ne s'agit pas d'une accumulation des connaissances, mais d'un phénomène historique avec des théories dominantes qui sont parfois rejetées par des révolutions scientifiques.

N'Y A-T-IL DE CONNAISSANCE QUE SCIENTIFIQUE ?

NOTION : LA SCIENCE

NOTION : LA VÉRITÉ

Comment définir la démarche scientifique ?

La science est une démarche cognitive fondée sur l'expérience et la démonstration.

Qu'est-ce qu'une connaissance ?

La connaissance est un état de savoirs tenus pour vrai.

PROBLÈME :

Peut-on tenir quelque chose pour vrai sans en faire la démonstration ?

I
L'importance de la démarche scientifique

La science est fondée sur la vérification et la démonstration d'hypothèses pour accroître notre connaissance.

La science s'oppose à l'opinion par sa capacité à établir des protocoles permettant de définir précisément ce qu'on veut démontrer.

II
Toute connaissance n'est pas démontrable

La vérité factuelle (« il fait beau ») n'est pas démontrable mais relève d'une *connaissance directe* (Russell).

Pour les sophistes, la vérité est toujours relative et dépend de ce qu'on veut démontrer.

III
Le rôle du progrès scientifique

Pour Popper, la science permet de constituer un savoir non dogmatique, en permanente évolution.

Atteindre la vérité est un processus qui implique une remise en cause constante de nos connaissances.

LA TECHNIQUE

LA TECHNIQUE

LA TECHNIQUE VIENT DU GREC *TECHNÉ*, ET DÉSIGNE L'ENSEMBLE DES DOMAINES DANS LESQUELS L'HOMME PRODUIT DES BIENS ET DES OBJETS

... ET L'HISTOIRE

La succession des événements dans le temps

SUJET TYPE BAC
LE DÉVELOPPEMENT TECHNIQUE EST-IL SANS FIN ?

La technique a d'abord été liée aux métiers de l'**artisanat**. Il s'agit des méthodes utilisées pour produire des objets à partir d'outils et de matériaux traditionnels.

La révolution industrielle permet l'apparition du **machinisme**. Les outils de production acquièrent une autonomie et une puissance suffisante, pour inverser le rapport homme/outil.

Le développement de l'informatique contribue à un nouveau **saut technologique** dans lequel les capacités cognitives des machines dépassent celles de l'être humain.

ARISTOTE, P. 77

... ET L'HUMANITÉ

L'homme, par opposition aux animaux

SUJET TYPE BAC
LA TECHNIQUE REND-ELLE PLUS HUMAIN ?

Platon utilise le mythe de Prométhée pour montrer que la technique permet à l'homme de compenser ses faiblesses naturelles.

Pour **Hannah Arendt**, la technique permet de produire un monde d'objets artificiels à partir duquel les actions humaines vont pouvoir se réaliser.

Bernard Stiegler nous invite à repenser notre rapport à la technique pour tenir compte de sa dimension anthropologique tout en critiquant ses effets négatifs sur l'environnement.

HANNAH ARENDT, P. 93

Ce que je choisis de faire sans être contraint

SUJET TYPE BAC
LA TECHNIQUE LIBÈRE-T-ELLE L'HOMME ?

… ET LA LIBERTÉ

Pour **Aristote**, la technique n'est pas libre mais obéit à une finalité et à des règles à suivre pour produire un objet. Par exemple, on ne peut utiliser un tournevis pour planter des clous.

Pour **Descartes**, la technique permet à l'homme de se rendre « maître et possesseur de la nature ». Elle lui permet aussi de modifier la nature en y ajoutant des objets créés artificiellement.

Pour **Jacques Ellul**, la société contemporaine est un **système technicien** autonome : la technique est partout et contribue à aliéner l'homme de sa liberté.

À L'AIDE D'OUTILS. PAR EXTENSION, LA TECHNIQUE DEVIENT L'ENSEMBLE DES MÉTHODES ET DES SAVOIR-FAIRE UTILISÉS DANS UNE BRANCHE D'ACTIVITÉ PROFESSIONNELLE.

ARISTOTE, P. 77

SUJET TYPE BAC
Y A-T-IL DES LIMITES AUX INTERVENTIONS TECHNIQUES SUR LA NATURE ?

… ET LA NATURE

Par définition, la technique s'oppose à la nature puisqu'il s'agit de méthodes de fabrication artificielles. La technique utilise la nature comme réserve de matériaux pour produire des objets.

Heidegger dénonce la technique comme le « danger suprême » car elle pousse à ne considérer que les choses mesurables et réduit donc la nature à l'état de stock de ressources.

Hans Jonas propose d'instaurer un principe de précaution dans lequel tout progrès technique doit être évalué en fonction de ses conséquences à long terme sur la nature.

Tout ce qui existe naturellement et n'a pas été fabriqué

HEIDEGGER, *ÊTRE ET TEMPS*

PHILOSOPHIE ET TECHNIQUE

Les enjeux de la technique sont à mi-chemin entre les enjeux des sciences et ceux du travail. Avec l'accroissement des progrès techniques aux XIXe et XXe siècles, la philosophie de la technique s'interroge sur l'émergence d'une sphère technologique qui influence toute la société.

L'ANTIQUITÉ

- La philosophie antique s'intéresse à la technique comme moyen de production. La technique cherche à savoir comment réaliser des choses, par opposition à la contemplation, qui cherche à comprendre pourquoi les choses sont ce qu'elles sont.
- Pour **Aristote**, la technique relève de la science productive, qui sert à atteindre une fin en dehors de la personne qui l'utilise. Elle intègre ainsi l'agriculture, l'artisanat, mais également la médecine, la musique ou la rhétorique.

L'ÉPOQUE MODERNE

- L'époque moderne se caractérise par un développement conjoint des sciences et des techniques dans lequel l'amélioration des outils de mesure (télescope, microscope…) permet une amélioration des connaissances scientifiques. L'idée de progrès technique commence à s'imposer.
- À contre-courant de la philosophie des Lumières, **Rousseau** affirme toutefois que le progrès des sciences a eu des conséquences négatives, et que la technique est la manifestation d'un désir de domination de la nature et des autres.

L'ÉPOQUE CONTEMPORAINE

- Avec la révolution industrielle et l'émergence du machinisme, la philosophie est marquée à la fois par la valorisation du progrès technique, mais également par la critique de l'aliénation qu'elle engendre.
- Pour **Marx**, la technique est le propre de l'homme car elle lui permet de réaliser ses buts et de maîtriser son environnement. Dans le même temps, il dénonce l'usage de la technique par le capitalisme, qui consiste à réduire l'homme à un moyen de production au service des machines.
- Pour **Hans Jonas**, les progrès techniques ont conféré un pouvoir trop important à l'être humain, qui menace la préservation de son propre environnement et nécessite le développement d'une éthique de la responsabilité pour éviter ses conséquences négatives.

LE PROGRÈS TECHNIQUE PEUT-IL PROCURER LE BONHEUR ?

Qu'est-ce que le progrès technique ?

Le progrès technique est l'amélioration des méthodes de production.

NOTION : **LA TECHNIQUE**

NOTION : **LE BONHEUR**

Qu'est-ce que le bonheur ?

Le bonheur est un état constant de bien-être.

PROBLÈME :
Le bien-être est-il réductible à l'amélioration des capacités de production ?

I
L'importance du progrès technique

Le progrès technique a permis une amélioration des conditions de vie : médecine, transport, électroménager…

Pour les penseurs libéraux (Mill), l'amélioration de la productivité augmente le bonheur collectif.

II
La technique, une source d'aliénation

Pour Heidegger, la technique moderne transforme l'homme en un outil de production comme un autre.

Pour Jacques Ellul, la technique est devenue un système autonome qui prive l'homme de sa liberté.

III
Le bonheur, un état personnel

Pour les stoïciens, le bonheur est un acte de volonté qui ne dépend que de soi.

Pour Bentham, le bonheur est lié au plaisir personnel, et peut donc s'accroître ou diminuer avec la production technique.

LE TEMPS

La **physique newtonienne** mesure le temps à partir de variables universelles : rotation de la Terre autour du Soleil (année), sur elle-même (jour), temps atomique (seconde), etc.

SUJET TYPE BAC
Y A-T-IL UNE CONNAISSANCE RATIONNELLE DE CE QUI CHANGE ?

Capacité à penser et à réaliser des raisonnements logiques

Kant définit le temps comme l'une des deux conditions (avec l'espace) qui rendent possible l'expérience sensible.

… ET LA RAISON

La **mécanique quantique** pense le temps comme une variable relative dont l'écoulement varie en fonction de la vitesse du référentiel *(Einstein)*.

LE TEMPS

LE TEMPS EST LA DURÉE QUI SÉPARE DEUX ÉVÉNEMENTS DISTINCTS. UNITÉ MESURABLE OBJECTIVEMENT À PARTIR DE DONNÉES

KANT, P. 85

SUJET TYPE BAC
SOMMES-NOUS RESPONSABLES DE L'AVENIR ?

Pour **Montaigne**, philosopher signifie « apprendre à mourir ». Accepter notre propre finitude dans le temps doit permettre de nous libérer dans la vie présente.

… ET LA MORALE

Hannah Arendt insiste sur l'importance de la naissance : chaque individu est un être nouveau qui s'inscrit dans un temps qu'il ne maîtrise pas mais contribue à faire évoluer.

Ensemble des règles qui définissent les comportements

Hans Jonas définit la morale à partir d'un principe de responsabilité vis-à-vis du futur : il faut éviter de faire tout ce qui peut menacer le bien-être des prochaines générations.

MONTAIGNE

Connaissance immédiate de ce qui nous entoure

SUJET TYPE BAC
CELA A-T-IL UN SENS DE VOULOIR ÉCHAPPER AU TEMPS ?

... ET LA CONSCIENCE

Aristote oppose le temps réel, dont le mouvement existe en dehors de nous, et le temps perçu, qui n'est plus ressenti quand on dort, par exemple.

Bergson s'oppose à la conception physique du temps pour le penser comme un vécu de la conscience. Le temps n'est donc pas une donnée objective mais la durée telle qu'elle est vécue.

Ainsi, un individu pourra « trouver le temps long » là où un autre aura trouvé que « le temps passe trop vite » sans que la durée réelle de l'événement ait été modifiée.

PHYSIQUES (ANNÉE, JOUR, SECONDE, ETC.), LE TEMPS EST ÉGALEMENT LE CŒUR D'UNE EXPÉRIENCE HUMAINE FONDAMENTALE : CELLE DE L'EXPÉRIENCE DE NOTRE PROPRE FIN.

BERGSON

SUJET TYPE BAC
MON PASSÉ DÉTERMINE-T-IL MON AVENIR ?

... ET L'HISTOIRE

La **philosophie antique** pense le temps comme un phénomène éternel et cyclique dans lequel les mêmes événements se répètent périodiquement.

Le **christianisme** introduit l'idée d'un temps linéaire. L'histoire a un début et une fin, et les événements peuvent être pensés avant ou après la naissance du Christ.

Pour **Hegel**, le temps doit être pensé comme la réalité historique, conçu comme un processus progressif et universel.

La succession des événements dans le temps

HEGEL, P. 87

LE TEMPS ET LA PHILOSOPHIE

La question de la nature du temps et de sa perception a profondément évolué en fonction des représentations de chaque époque historique.

L'ANTIQUITÉ

- La philosophie antique est marquée par une conception cyclique du temps, liée à l'idée de cosmos et aux récits mythologiques, dans laquelle les mêmes événements se répètent indéfiniment.
- Pour **Platon**, le déroulement du temps se présente comme une dégradation irréversible depuis un âge d'or mythique originel que l'on cherche à retrouver en vain.
- **Aristote** est l'un des premiers philosophes à concevoir le temps comme une unité de mesure physique, liée à la perception que nous avons du mouvement des choses.

L'ÉPOQUE MODERNE

- L'émergence du christianisme impose une conception linéaire du temps, par opposition à celle du temps cyclique antique, dans laquelle le temps a un début et une fin.
- Le développement des sciences modernes et des outils de mesure engendre une volonté de définir plus objectivement la succession du temps en s'appuyant sur des référentiels précis.
- **Kant** fait du temps un élément universel présent dans toute expérience. Pour lui, toute expérience sensible implique nécessairement d'être pensée dans le temps.

L'ÉPOQUE CONTEMPORAINE

- La philosophie contemporaine est marquée à la fois par des courants qui cherchent à comprendre la perception **subjective** du temps et par d'autres qui visent à analyser le temps comme un phénomène **objectif** et rationnel.
- **Bergson** insiste ainsi sur la perception de la durée des événements, par opposition à un temps physique linéaire. Le temps n'est pas conçu comme un écoulement immuable, mais comme une série d'instants perçus par l'individu.
- **Hegel** puis **Marx** insistent au contraire sur le temps comme un phénomène historique. Les événements se suivent selon une logique rationnelle, dont on peut déterminer objectivement les évolutions.

L'AVENIR PEUT-IL ÊTRE OBJET DE CONNAISSANCES ?

Qu'est-ce que l'avenir ?

Le futur est une situation temporelle qui n'est pas encore advenue.

NOTION : **LE TEMPS**

NOTION : **LA RAISON**

Qu'est-ce qu'une connaissance ?

La connaissance est un état de savoirs tenus pour vrai.

PROBLÈME :

Est-il possible de connaître quelque chose qui n'existe pas encore ?

I
Le temps obéit à des règles rationnelles

Pour Hegel, l'histoire est un processus progressif et universel qui obéit à des règles rationnelles.

Pour Marx, l'histoire obéit à des règles socio-économiques qui permettent d'en déduire le sens.

II
L'avenir est toujours incertain

Pour Hannah Arendt, l'action se caractérise par son imprévisibilité : on ne peut pas calculer ses conséquences.

Pour Sartre, l'avenir est lié aux actions humaines. Il faut agir pour le provoquer.

III
Connaître le passé pour penser le futur

La science fonctionne par hypothèses qui pourront être démontrées ou réfutées dans le futur.

Les hommes obéissent à des règles sociales qu'on peut comprendre sans qu'elles déterminent le futur.

LE TRAVAIL

SUJET TYPE BAC
PEUT-ON CONCEVOIR UNE SOCIÉTÉ SANS TRAVAIL ?

Le travail est traditionnellement perçu comme une **servitude** des classes inférieures (esclaves, serfs, intouchables, etc.) qui permet ainsi aux autres classes (noblesse, clergé, etc.) de ne pas travailler.

Ensemble des rapports qui unissent les individus

Le XIXe siècle se caractérise par l'émergence du **salariat**, dans lequel le travailleur vend sa force de travail pour une durée limitée en échange d'un salaire.

… ET LA SOCIÉTÉ

Les économistes contemporains (**Stiglitz**) insistent sur le travail invisible, comme le bénévolat ou les tâches ménagères, qui produit de la valeur mais n'est pas rémunéré.

LE TRAVAIL

LE TRAVAIL EST L'ENSEMBLE DES ACTIVITÉ PAR LESQUELLES L'HOMME PRODUIT DES BIENS POUR SATISFAIRE SES BESOINS NATURELS. ISSU DU LATIN *TRIPALIUM* QUI DÉSIGNE UN INSTRUMENT

JOHN STUART MILL, *PRINCIPES D'ÉCONOMIE POLITIQUE*

SUJET TYPE BAC
EST-IL NATUREL POUR L'HOMME DE TRAVAILLER ?

En **économie**, le travail est un facteur de production, qui consiste à utiliser des biens présents dans la nature pour réaliser des biens et des services.

… ET LA NATURE

Pour **Locke**, le travail est la source de la propriété : tant qu'une pomme est dans la nature, elle appartient à tout le monde. Dès que quelqu'un la cueille, elle lui appartient.

L'ensemble des choses qui existent naturellement

Pour **Hannah Arendt**, le travail est commun à l'homme et aux animaux. L'homme au labeur ne produit pas d'objets mais assure la continuité de ses cycles naturels (il gagne sa vie).

LOCKE, P. 83

Ce que je choisis de faire sans être contraint

SUJET TYPE BAC
LE TRAVAIL EST-IL POUR L'HOMME UN OBSTACLE À LA LIBERTÉ ?

… ET LA LIBERTÉ

Le travail est une **contrainte biologique** liée au besoin de s'alimenter pour régénérer sa force de travail. L'homme ne peut pas se passer du travail mais peut le déléguer.

Pour **Hegel**, le travail a une fonction libératrice. Par son travail, l'homme modifie la nature et se réalise lui-même. Le travail est un outil d'épanouissement et d'insertion sociale.

Pour **Marx**, la société prive le travailleur de son travail *(aliénation du travail)*. L'enjeu est donc de se libérer du travail salarié pour récupérer le contrôle de son processus de production.

DE TORTURE, LE TRAVAIL A D'ABORD REPRÉSENTÉ UNE ACTIVITÉ SERVILE DÉLÉGUÉE À CERTAINES CLASSES SOCIALES. CE N'EST QU'AVEC LA SOCIÉTÉ MODERNE QUE LE TRAVAIL EST DEVENU UNE VALEUR VALORISÉE SOCIALEMENT.

MARX, P. 89

SUJET TYPE BAC
TRAVAILLER, EST-CE PERDRE SON TEMPS ?

… ET LE TEMPS

La durée qui sépare deux événements

Le travail agricole traditionnel consiste en une répétition de cycles de production calqués sur la succession des saisons.

La société industrielle cherche à rationaliser le temps de travail pour augmenter la productivité horaire : travail à la chaîne, rotation du personnel, etc.

La société contemporaine est une société de consommation qui intègre le temps de loisir dans l'organisation économique du travail (**Baudrillard**).

HANNAH ARENDT, P. 93

LE TRAVAIL ET LA PHILOSOPHIE

Le travail est l'activité grâce à laquelle l'homme produit des biens. Les questions et les réponses apportées par la philosophie à ses enjeux sont intimement liées aux réalités économiques des différentes périodes historiques.

L'ANTIQUITÉ

- L'économie antique repose massivement sur le travail servile et l'esclavage. Les interprétations des philosophes antiques sur le travail sont le reflet de cette situation sociale.
- **Platon** est un des premiers penseurs qui théorise une division sociale du travail. La Cité idéale platonicienne repose sur une séparation entre les gouvernants, les gardiens et les producteurs, chacun ayant une tâche précise à accomplir.
- Pour **Aristote**, le travail est une nécessité naturelle qui implique le recours à l'esclavage pour permettre aux hommes libres de se consacrer à d'autres activités.

L'ÉPOQUE MODERNE

- Avec la société moderne, la libération du travail engendre une valorisation sociale des activités productives. Le développement des premières théories économiques pousse les philosophes à s'interroger sur le rapport entre travail et propriété.
- Pour **Locke**, le travail est la source de la propriété : tant que les objets sont dans la nature, ils appartiennent à tout le monde, et c'est seulement en les modifiant par leur travail que les individus peuvent se les approprier.
- Pour **Hegel**, le travail est également une pratique sociale qui joue un rôle central pour la reconnaissance de soi et la liberté individuelle.

L'ÉPOQUE CONTEMPORAINE

- Avec l'émergence du salariat dans la société contemporaine, les analyses sur la nature du travail et les critiques de ses conséquences se multiplient.
- Pour les auteurs marxistes, le travail moderne se présente comme une forme d'aliénation, qui prive l'homme de ses droits. Pour **Jacques Ellul**, le travail moderne a perdu sa signification et a condamné l'individu à disparaître dans le processus de production.
- **Hannah Arendt** souligne l'importance des tâches domestiques non rémunérées dans les activités du travail. Depuis le rapport Stiglitz en 2009, ces activités sont de plus en plus prises en compte par les économistes.

LE TRAVAIL NOUS REND-IL PLUS HUMAIN ?

Qu'est-ce que le travail ?

L'activité par laquelle l'homme produit des biens pour satisfaire ses besoins.

Que signifie devenir « plus » humain ?

L'humanité est ce qui nous différencie des autres animaux.

NOTION : LE TRAVAIL

NOTION : LA RAISON

PROBLÈME :

La satisfaction de nos besoins peut-elle nous éloigner de notre animalité ?

I
Le travail est essentiel à l'homme

Pour Hannah Arendt, l'homme est un *animal laborans*, travailler fait partie de sa nature.

En effet, l'homme a besoin du travail et de ses fruits pour subsister (ex. : agriculture).

II
Le travail est un outil de socialisation

Le travail intervient à tous les échelons de la pyramide de Maslow, de la production de nourriture au besoin de reconnaissance.

Les personnes éloignées du travail connaissent une désaffiliation sociale (Robert Castel).

III
Se réaliser ne dépend pas uniquement du travail

Le travail ne se résume pas au travail salarié, l'homme peut être fier de son œuvre au sens large (ex. : création artistique).

Le XXIe siècle s'éloigne du travail comme paradigme de l'épanouissement humain (ex. : revenu universel).

LA VÉRITÉ

LA VÉRITÉ

LA VÉRITÉ EST LA CONFORMITÉ D'UNE PROPOSITION PAR RAPPORT À LA RÉALITÉ. LA VÉRITÉ S'OPPOSE À LA FOIS AU MENSONGE,

... ET LA LIBERTÉ

Ce que je choisis de faire sans être contraint

SUJET TYPE BAC
LA VÉRITÉ EST-ELLE LIBÉRATRICE ?

La vérité exerce une force de contrainte car je ne peux pas décider ce qui est vrai ou non.

L'homme est néanmoins libre de dire ou de taire la vérité. **Jankélévitch** souligne ainsi que le menteur a toujours conscience de la vérité qu'il choisit de masquer.

Pour Heidegger, « l'essence de la vérité est la liberté ». L'homme est libre simplement parce qu'il existe. La liberté est donc la vérité de l'être humain.

JANKÉLÉVITCH, *LE JE-NE-SAIS-QUOI ET LE PRESQUE-RIEN*

... ET LE BONHEUR

Sentiment constant de plénitude

SUJET TYPE BAC
FAUT-IL PRÉFÉRER LE BONHEUR À LA VÉRITÉ ?

Pour **Jankélévitch**, le mensonge peut être légitime moralement s'il permet de préserver le bonheur de l'autre *(« toute vérité n'est pas bonne à dire »)*, ce qui peut passer par un euphémisme.

Descartes insiste sur les difficultés pour atteindre la vérité. Au contraire, rester sur ses préjugés et ses acquis est synonyme de facilité.

Pour **Épicure**, le bonheur n'est atteignable que via la connaissance. Connaître la vérité est essentiel pour éviter les passions irréalisables ou néfastes (immortalité, richesse, etc.).

ÉPICURE, P. 78

Les institutions qui organisent une société

SUJET TYPE BAC
LE MENSONGE EST-IL UNE VERTU POLITIQUE ?

... ET L'ÉTAT

Les États ont eu recours à différents outils pour masquer la vérité au nom des intérêts nationaux : censure, propagande, falsification d'archives, secret défense.

Pour **Machiavel**, le mensonge est une modalité à part entière du pouvoir, qui est légitime s'il permet d'atteindre certaines fins comme tromper des adversaires politiques ou militaires.

Les **démocraties** contemporaines accordent une grande importance à la transparence. Comme le pouvoir vient du peuple, les citoyens doivent avoir accès à l'information pour déterminer la politique.

QUI CONSISTE À MASQUER VOLONTAIREMENT LA VÉRITÉ, ET À L'ERREUR OU À L'ILLUSION, QUI DÉSIGNE LE FAIT DE SE TROMPER EN CHERCHANT À ATTEINDRE LA VÉRITÉ.

MACHIAVEL, P. 79

SUJET TYPE BAC
LA VÉRITÉ EST-ELLE UN PRODUIT DE LA RAISON ?

... ET LA RAISON

Les **sophistes** (Protagoras) défendent une conception relativiste de la vérité : il n'y a pas de vérité absolue et la vérité dépend de celui qui l'énonce.

Pour **Platon**, la vérité n'est pas relative mais est une idée éternelle et immuable. Seule la raison peut parvenir à la vérité et doit pour cela se détacher des illusions du monde sensible.

Pour **Russell**, seule la *connaissance directe* peut être pleinement vraie. La connaissance par induction, ou par description, est seulement possible mais sans garantie de certitude.

Capacité à penser et à réaliser des raisonnements logiques

RUSSELL

LA VÉRITÉ ET LA PHILOSOPHIE

La vérité est la correspondance entre une proposition et la réalité à laquelle elle se réfère. Les différents courants philosophiques ont cherché à élaborer divers moyens de parvenir à la vérité. Plus récemment, l'essor des fake news a remis la question de la vérité sur le devant de la scène.

L'ANTIQUITÉ

- La philosophie antique cherche à découvrir la véritable nature des choses pour comprendre ce qu'elles sont réellement au-delà des apparences.
- Pour **Platon**, la vérité s'oppose à l'opinion. Contrairement à l'opinion, qui est fluctuante, la vérité est éternelle et existe en dehors des phénomènes perceptibles. C'est la contemplation des idées éternelles qui permet d'atteindre la vérité, et non la perception.
- Les **sceptiques** pensent que la vérité est inaccessible pour l'homme. Il ne faut donc pas rechercher la vérité mais renoncer à ses certitudes pour atteindre la quiétude et viser le bonheur.

L'ÉPOQUE MODERNE

- L'époque moderne est marquée par de grandes découvertes scientifiques. De la Renaissance aux Lumières, des savants, à l'image de Galilée, Pascal ou encore Lavoisier, œuvrent pour l'accès à la vérité et font reculer les superstitions.
- La méthode de **Descartes** pour trouver la vérité repose sur l'intuition du sujet : les idées « claires et distinctes » sont comprises comme des évidences. La raison peut alors atteindre la vérité par des déductions mathématiques faites à partir de nos intuitions.
- Pour **Kant**, on ne peut connaître que les phénomènes tels qu'ils nous apparaissent et non tels qu'ils sont vraiment. Seule la connaissance scientifique peut atteindre la vérité, le reste (la morale, la liberté, la religion…) dépend de la croyance et non de la vérité.

L'ÉPOQUE CONTEMPORAINE

- La philosophie contemporaine s'intéresse à la fois à la manière d'atteindre la vérité, mais également aux conséquences et aux effets que les discours peuvent avoir sur la vérité.
- Pour **Nietzsche**, les discours qui prétendent dire la vérité sont liés à des enjeux de pouvoir. La valeur morale accordée à la recherche de la vérité est le reflet des valeurs de la société contemporaine et non une valeur universelle.
- Dans les années 1960, **Hannah Arendt** affirme que le mensonge moderne consiste à refuser les faits en se mentant à soi-même. Devant la multiplicité des sources d'information (bruit, infobésité…) et des opinions, l'auteur américain Ralph Keyes forge l'expression de « post-vérité » en 2004, reprise dans les médias.

LE RESPECT DES OPINIONS EST-IL UN OBSTACLE À LA RECHERCHE DE LA VÉRITÉ ?

Qu'est-ce que la vérité ?

La vérité est la concordance d'une proposition avec la réalité.

NOTION : LA VÉRITÉ

NOTION : LA LIBERTÉ

Qu'est-ce qu'une opinion ?

L'opinion est un jugement personnel porté sur quelque chose.

PROBLÈME :

Les jugements personnels remettent-ils en cause la compréhension des faits ?

I

La vérité est hostile à l'opinion

La vérité d'une proposition ne dépend pas de moi. Elle ne peut pas être réfutée par un simple jugement personnel.

Pour Platon, l'opinion (doxa) est une illusion basée sur des préjugés qui freine l'accès aux connaissances.

II

L'opinion joue un rôle central dans la société

Pour Habermas, l'opinion peut être l'objet d'une discussion qui permet de dépasser la subjectivité.

Pour Tocqueville, l'opinion publique est un pouvoir politique majeur dans les démocraties.

III

Vérité et opinion sont deux domaines séparés

L'opinion appartient au domaine politique et au jugement esthétique, où aucune vérité ne peut s'imposer.

L'opinion devient dangereuse lorsqu'elle prétend s'imposer face à la vérité scientifique (fake news…).

PLATON

(vers 428 av. J.-C. - 347 av. J.-C.)
Philosophe grec

Métaphysique ; philosophie politique ; rhétorique

Idéalisme platonicien

Ouvrage : *La République*

THÈSE 1 : LA CONNAISSANCE PORTE SUR CE QUE SONT LES CHOSES EN ELLES-MÊMES ET NON SUR UNE OPINION (THÉORIE DES IDÉES)

NOTION : LA VÉRITÉ

Les perceptions sensibles sont des illusions dont il faut se débarrasser pour accéder à la vérité.

Les idées abstraites existent réellement et sont immuables (***réalités intelligibles***).

Le *désir de connaissance* du philosophe le pousse à s'interroger sur l'essence des choses pour contempler les idées intelligibles.

EXEMPLE : Qu'est-ce que le « Beau » ?

REPÈRE :
Universel
Général
Particulier
Singulier

NOTION : LA RAISON

THÈSE 2 : LA CITÉ N'EST PAS NATURELLE MAIS PROVIENT DU BESOIN DES HOMMES DE SE RASSEMBLER POUR PRODUIRE

NOTION : L'ÉTAT

L'objectif de la Cité est de permettre aux hommes de mener une vie vertueuse, conforme à l'idée de ***Bien***.

La Cité repose sur une séparation entre trois groupes (producteurs, gardiens, gouvernants).

Seuls les philosophes sont capables d'assurer les fonctions de gouvernement (***philosophe roi***).

ALLER PLUS LOIN : Platon classe les régimes politiques selon leur valeur morale, depuis l'aristocratie (fondée sur le bien) jusqu'à la tyrannie (fondée sur le désir).

OPPOSÉE À : **Aristote** (l'homme est un animal politique)

ARISTOTE

(385 av. J.-C. -
-322 av. J.-C.)
Philosophe grec

Métaphysique ; éthique ; philosophie naturelle

Aristotélisme

Ouvrage : *Politiques*

THÈSE 1 :

TOUTE ACTION DOIT TENDRE VERS UNE FIN. LA FINALITÉ DE L'ACTION POLITIQUE EST LA JUSTICE (PRINCIPE TÉLÉOLOGIQUE)

Le *Bien* est désirable pour lui-même. Il se confond avec le bonheur et le fait de bien vivre.

La prudence est la faculté qui permet d'agir de façon éthique selon les circonstances (***phronêsis***).

La vertu est un équilibre entre deux excès : (***théorie de la mesure***).

EXEMPLE : Le courage se situe entre la lâcheté et l'orgueil.

REPÈRE : *Principe*, *Cause*, *Fin*

NOTION : LA JUSTICE

THÈSE 2 :

L'HOMME VIT NATURELLEMENT EN COMMUNAUTÉ. LA POLITIQUE EST LA SCIENCE QUI PERMET D'ORGANISER LA CITÉ (NATURALISME POLITIQUE)

L'organisation politique doit permettre à chacun de recevoir en fonction de ses qualités (***égalité proportionnelle***).

Seuls les hommes libres peuvent agir dans la sphère publique (***citoyenneté***).

EXEMPLE : les femmes et les esclaves en sont exclus.

La loi définit comment se répartit le pouvoir, dans l'intérêt de chacun (***constitution***).

ALLER PLUS LOIN : Aristote oppose les bonnes Constitutions (monarchique, aristocratique ou constitutionnelle) aux Constitutions déviantes (tyrannie, oligarchie, démocratie).

NOTION : L'ÉTAT

REPÈRE : *Identité*, *Égalité*, *Différence*

ÉPICURE ET ÉPICTÈTE

(342 av. J.-C.-270 av. J.-C.)
(50-135)
Philosophes grecs

Philosophie naturelle ; éthique

épicurisme ; stoïcisme

Ouvrage : *Lettres et maximes*

THÈSE 1 : SEUL CE QUI EST MATÉRIEL EXISTE. LES CHOSES SONT COMPOSÉES D'ATOMES QUI SE COMBINENT ENTRE EUX (MATÉRIALISME)

NOTION : LE BONHEUR

ALLER PLUS LOIN : L'épicurisme est une philosophie de l'équilibre naturel qui rejette les excès.

La connaissance de la nature est nécessaire à la poursuite du bonheur.

Toute connaissance provient des sensations (***empirisme***).

Le bonheur consiste à rechercher les plaisirs naturels et éviter la souffrance (***ataraxie***).

L'objectif de la vie est le bonheur (***eudémonisme***).

NOTION : LA NATURE

OPPOSÉE À : **stoïcisme**

THÈSE 2 : LA NATURE EST UN ORDRE INÉLUCTABLE QUI DÉTERMINE LA SUCCESSION DES CAUSES ET DES EFFETS (IMMANENTISME)

Seule notre volonté est libre et nous permet de réagir face aux événements.

ALLER PLUS LOIN : Le stoïcisme est une philosophie éthique qui défend le détachement face à la fatalité.

La vertu consiste à comprendre ce qui dépend de nous ou non (***prohaïresis***).

L'objectif de la vie est le bonheur (***eudémonisme***).

Tous les événements sont déterminés à l'avance (***déterminisme***).

OPPOSÉE À : **épicurisme**

NOTION : LA LIBERTÉ

NICOLAS MACHIAVEL

(1469-1527)
Philosophe italien

Philosophie politique

Machiavélisme ; républicanisme

Ouvrage : *Le Prince*

NOTION : LA JUSTICE

EXEMPLE :
Il est plus sûr d'être craint qu'aimé pour rester au pouvoir, tout en évitant que cette crainte se transforme en mépris.

La vertu consiste à s'adapter aux mouvements politiques pour en saisir les opportunités (***virtù machiavelienne***).

REPÈRE :
En fait
En droit

La politique se caractérise par ses ruptures et son absence de permanence.

THÈSE 1 :
LE POUVOIR EST DISTINCT DE LA MORALE (RÉALISME POLITIQUE)

OPPOSÉE À :
moralisme politique (Platon)

Le rôle des institutions est d'encadrer le conflit politique tout en évitant sa disparition.

EXEMPLE :
Débat public, conscription militaire, participation citoyenne.

Le conflit entre le peuple et les élites est le moteur principal de la vie politique et de son émulation.

ALLER PLUS LOIN : MACHIAVÉLIEN OU MACHIAVÉLIQUE ?
L'adjectif « machiavélique » désigne une politique cynique dans le but de garder le pouvoir. On préférera le terme « machiavélien » pour parler de la pensée de Machiavel.

THÈSE 2 :
LA LIBERTÉ EST LIÉE À LA PARTICIPATION ACTIVE À LA VIE POLITIQUE (RÉPUBLICANISME)

NOTION : L'ÉTAT

THOMAS HOBBES

(1588-1679)
Philosophe anglais

Philosophie politique ; philosophie du droit

Contractualisme ; empirisme

Ouvrage : *Le Léviathan*

THÈSE 1 :
L'HOMME À L'ÉTAT DE NATURE VIT DANS UNE SITUATION DE « GUERRE DE TOUS CONTRE TOUS » DÉPOURVUE DE LOIS (DROIT NATUREL)

OPPOSÉE À :
Rousseau
(l'homme est bon par nature

NOTION :
LA NATURE

En sortant de l'état de nature, l'homme renonce à sa liberté pour former une société civile.

THÈSE 2 :
L'HOMME EST DÉTERMINÉ PAR SON DÉSIR DE CONSERVER ET D'ACCROÎTRE SES BIENS ET SA VIE (MATÉRIALISME)

L'homme sort de l'état de nature par crainte pour ses biens et sa vie.

ALLER PLUS LOIN :
l'état de nature est une situation imaginée par Hobbes, qui n'a pas de réalité historique.

REPÈRE :
Origine
Fondement

NOTION :
LA LIBERTÉ

THÈSE 3 :
LE RÔLE DU SOUVERAIN EST LA PROTECTION DES INDIVIDUS ET LE RESPECT DE LA LOI

La légitimité de l'État vient du contrat entre les individus qui le composent (***contractualisme***).

L'État est une structure artificielle et non naturelle (***positivisme juridique***).

OPPOSÉE À :
Aristote
(l'homme est un animal politique)

REPÈRE :
Légal
Légitime

RENÉ DESCARTES

(1596-1650)
Philosophe et physicien français

Métaphysique

Rationalisme, cartésianisme

Ouvrage : *Méditations métaphysiques*

REPÈRE :
Médiat
Immédiat

COROLLAIRE
Il n'y a pas de certitude sur la nature humaine.

La conscience d'être un être pensant est la réalité la plus immédiate sur laquelle je peux m'appuyer.

« Je suis, j'existe » : il n'est pas possible de douter de sa propre existence (***cogito***).

NOTION : LA CONSCIENCE

Il est possible de parvenir à une vérité en remettant en doute toutes ses certitudes (***doute hyperbolique***).

THÈSE 1 :

IL EST NÉCESSAIRE DE TROUVER UN FONDEMENT SÛR ET CERTAIN AUX CONNAISSANCES (RECHERCHE D'UNE MÉTHODE UNIVERSELLE)

NOTION : LA VÉRITÉ

Il est possible de fonder la connaissance à partir de notre capacité à penser (***idées innées***).

L'esprit peut se concevoir de manière claire et distincte indépendamment du corps.

Seuls les êtres pensants ont une âme. L'homme est une « chose qui pense ».

ALLER PLUS LOIN : L'ANIMAL-MACHINE
Comme les animaux n'ont pas de conscience, ils n'ont pas d'âme et peuvent être assimilés à des machines.

THÈSE 2 :

L'ÂME ET LE CORPS SONT DEUX SUBSTANCES INDÉPENDANTES (DUALISME CARTÉSIEN)

BARUCH SPINOZA

(1632-1677)
Philosophe néerlandais

Éthique ; métaphysique

Rationalisme, eudémonisme

Ouvrage : *L'Éthique*

REPÈRE :
Idéal
Réel

NOTION : LA VÉRITÉ

THÈSE 1 : LA VÉRITÉ EST COMPRISE DANS LES IDÉES (IDÉALISME)

OPPOSÉE À : **empirisme (Locke)**

On peut déduire la vérité à partir d'un ensemble de définitions (***philosophie spéculative***).

La vérité n'est pas déterminée par le réel mais par ce qui produit la connaissance.

NOTION : LA NATURE

THÈSE 2 : DIEU ET LA NATURE SE CONFONDENT (IMMANENTISME)

COROLLAIRE
Le libre arbitre n'existe pas

La nature détermine tout ce qu'un être est capable de faire (***déterminisme***).

ALLER PLUS LOIN : LE *CONATUS*
Spinoza utilise ce concept pour décrire la tendance de toute chose à persévérer dans son être.

L'homme est déterminé par ses désirs.

Le but de l'éthique est d'accroître sa puissance d'agir, en connaissant les désirs positifs qui favorisent le bonheur (***eudémonisme***).

NOTION : LE BONHEUR

JOHN LOCKE

(1632-1704)
Philosophe anglais

Philosophie politique ; métaphysique

Empirisme, libéralisme

Ouvrage : *Traité du gouvernement civil*

THÈSE 1 :

LES IDÉES PROVIENNENT UNIQUEMENT DE L'EXPÉRIENCE, IL N'Y A PAS DE PRINCIPE INNÉ (EMPIRISME)

La vérité n'est pas une propriété des idées, mais un jugement sur le monde extérieur.

Il n'y a pas d'idées universelles dans la nature mais seulement des cas particuliers.

Les connaissances sont le résultat d'une généralisation à partir des cas particuliers.

OPPOSÉE À : **rationalisme (Descartes)**

REPÈRE : ***Origine Fondement***

NOTION : LA VÉRITÉ

NOTION : LA RAISON

THÈSE 2 :

L'HOMME DISPOSE D'UN ENSEMBLE DE DROITS NATURELS DUS À SA NATURE HUMAINE (NATURALISME)

L'homme est l'unique propriétaire de son corps, et peut s'approprier tout ce qui est issu de son travail.

COROLLAIRE
La propriété privée est un droit naturel (libéralisme).

Aucun homme n'a de droit absolu sur un autre. La propriété et la liberté sont une limite à l'action d'autrui.

ALLER PLUS LOIN :
Malgré sa pensée, Locke est favorable à l'esclavage.

NOTION : LE TRAVAIL

JEAN-JACQUES ROUSSEAU

(1712-1778)
Philosophe genevois

Philosophie politique ; philosophie de l'éducation

Contractualisme ; républicanisme

Ouvrage : *Du contrat social*

THÈSE 1 :

L'ÉTAT N'EST LÉGITIME QUE S'IL EST DIRIGÉ PAR SES CITOYENS, QUI EN DÉFINISSENT LA LOI (VOLONTÉ GÉNÉRALE)

Les citoyens abandonnent leur liberté naturelle pour se constituer en un corps politique dont ils font partie (***Contrat social***).

La liberté du citoyen consiste en sa participation à la volonté générale.

Le corps politique repose sur l'égalité entre les citoyens.

REPÈRE : ***Obligation*** / ***Contrainte***

REPÈRE : ***Légal*** / ***Légitime***

NOTION : LA LIBERTÉ

THÈSE 2 :

L'HOMME EST BON PAR NATURE MAIS EST PERVERTI PAR LA SOCIÉTÉ (ÉTAT DE NATURE)

À l'état de nature, l'homme ressent une forme de pitié pour les autres qui l'empêche de leur faire du mal (***amour de soi***).

ALLER PLUS LOIN : L'HISTOIRE CONJONCTURALE
Rousseau utilise l'histoire naturelle (Buffon) pour en tirer des conclusions morales sur la nature humaine.

OPPOSÉE À : **Hobbes** (guerre de tous contre tous)

NOTION : LA NATURE

THÈSE 3 :

LA POLITIQUE N'EST PAS NATURELLE MAIS NÉCESSITE UNE ÉDUCATION À LA CITOYENNETÉ ET À L'ÉGALITÉ

Le passage à l'état civil engendre un désir de reconnaissance et d'appropriation (***amour propre***).

EXEMPLE : L'objectif du théâtre est de se montrer.

EMMANUEL KANT

(1724-1804)
Philosophe allemand

Philosophie morale ; métaphysique

Idéalisme allemand

Ouvrage : *Critique de la raison pure*

THÈSE 1 :

ON NE PEUT PAS CONNAÎTRE LA RÉALITÉ EN SOI (NOUMÈNE) MAIS SEULEMENT COMME ELLE NOUS APPARAÎT (PHÉNOMÈNE)

NOTION : **LA RAISON**

- La raison ne peut pas connaître les ***idées transcendantales*** (Dieu, l'âme…).
  - Le but de la métaphysique est de définir les conditions de la connaissance.
    - L'espace et le temps sont les conditions *a priori* de l'entendement.
  - Le progrès scientifique repose sur l'expérience et ne peut porter que sur le particulier.
  - On ne peut pas prouver les idées transcendantales : elles relèvent de la croyance.

REPÈRE : *Transcendant* / *Immanent*

REPÈRE : *Synthétique* / *Analytique*

THÈSE 2 :

L'ACTION MORALE DOIT ÊTRE CONSIDÉRÉE EN FONCTION DE SES INTENTIONS ET NON POUR SES RÉSULTATS (DÉONTOLOGISME)

NOTION : **LE DEVOIR**

OPPOSÉE À : **utilitarisme (Bentham)**

- L'homme se donne lui-même sa propre loi morale (***autonomie de la volonté***).
  - La volonté est morale si elle obéit à une loi universelle (***impératif catégorique***).
    - Les idées transcendantales sont nécessaires en tant que postulats pratiques.
    - EXEMPLE : Le mensonge n'est pas moral car il s'oppose à l'existence d'une norme universelle.

REPÈRE : *Universel/ général* / *Particulier/ singulier*

JEREMY BENTHAM

(1748-1832)
Philosophe anglais

Philosophie du droit ; philosophie morale

Utilitarisme ; conséquentialisme

Ouvrage : *Théorie des peines et des récompenses*

REPÈRE : *Public/privé*

REPÈRE : *Universel/général Particulier/singulier*

NOTION : L'ÉTAT

L'État doit assurer le bonheur de la population dans son intégralité (***Utilité sociale***).

L'objectif de l'action politique est l'augmentation du bonheur collectif (***utilitarisme***).

THÈSE 1 : L'ACTION MORALE DOIT ÊTRE CONSIDÉRÉE EN FONCTION DE SES CONSÉQUENCES ET NON DE SES INTENTIONS (CONSÉQUENTIALISME)

OPPOSÉE À : **déontologisme (Kant)**

Ce qui ne provoque pas de souffrance à autrui n'est pas moralement condamnable.

EXEMPLE : Homosexualité

Il est possible de calculer le bonheur d'une chose en fonction du plaisir et de la peine qu'elle provoque (***rationalisme***).

ALLER PLUS LOIN : LE *CALCUL FÉLICIFIQUE*
Bentham propose d'utiliser un algorithme basé sur 7 critères pour déterminer la quantité de bonheur.

THÈSE 2 : TOUTE PERSONNE CHERCHE À MAXIMISER SON PLAISIR PERSONNEL (HÉDONISME ÉTHIQUE)

NOTION : LE BONHEUR

GEORG HEGEL

(1770-1831)
Philosophe allemand

Philosophie du droit ; philosophie de l'histoire

Idéalisme allemand

Ouvrage : *Phénoménologie de l'esprit*

NOTION : **LA RAISON**

La fin de la philosophie est d'atteindre la conscience de soi du savoir comme savoir d'un sujet (***savoir absolu***).

REPÈRE : *Expliquer* *Comprendre*

L'objectif de la philosophie est la compréhension du sens de l'histoire.

THÈSE 1 :

LA PHILOSOPHIE EST UN SYSTÈME DE PENSÉE UNISSANT TOUS LES SAVOIRS (PHÉNOMÉNOLOGIE DE L'ESPRIT)

NOTION : **LA CONSCIENCE**

Les événements échappent à leurs auteurs qui obéissent à la marche de l'histoire (***Ruse de la raison***).

« Rien de grand ne s'est accompli dans le monde sans passion. »

L'histoire suit une évolution dialectique selon un accroissement de la liberté et la raison (***dialectique historique***).

ALLER PLUS LOIN : THÈSE, ANTITHÈSE, SYNTHÈSE

La dialectique se base sur l'idée que chaque moment est la négation du précédent et que leur synthèse permet de faire évoluer l'histoire.

THÈSE 2 :

LA RAISON SE MANIFESTE DANS LE MONDE À TRAVERS LES ÉVÉNEMENTS HISTORIQUES (IDÉE ABSOLUE)

REPÈRE : *Idéal* *réel*

NOTION : **LE TEMPS**

AUGUSTE COMTE

(1798-1857)
Philosophe français

Philosophie politique ; histoire des sciences

Positivisme

Ouvrage : *Cours de philosophie positive*

NOTION : LA SCIENCE

REPÈRE : *Idéal* / *Réel*

Les sociétés passent par trois stades historiques : théologique, métaphysique et positif (***loi des trois états***).

Le *désir de connaissance* du philosophe le pousse à s'interroger sur l'essence des choses pour contempler les idées intelligibles.

La science est mue par un processus d'amélioration historique (***progrès scientifique***).

Le progrès scientifique doit s'accompagner de l'émergence d'une science sociale pour comprendre la société (***sociologie***).

La sociologie doit permettre le développement d'une politique rationnelle (***positivisme politique***).

La science doit renoncer aux abstractions métaphysiques et à la recherche d'une idée absolue.

ALLER PLUS LOIN : LE *POSITIVISME RELIGIEUX*

Comme la religion est nécessaire pour la vie sociale et morale, Comte propose de fonder une religion de l'humanité.

THÈSE 1 :

LA SCIENCE EXPÉRIMENTALE EST LA SEULE SOURCE VALIDE DE CONNAISSANCE (POSITIVISME SCIENTIFIQUE)

OPPOSÉE À :
Descartes
(la métaphysique fonde la science)

THÈSE 2 :

IL N'EST PAS POSSIBLE DE CONNAÎTRE L'ESSENCE DES CHOSES MAIS UNIQUEMENT LES PHÉNOMÈNES (EMPIRISME)

REPÈRE : *Abstrait* / *Concret*

NOTION : LA VÉRITÉ

KARL MARX

(1818-1883)
Philosophe et économiste allemand

Philosophie de l'histoire ; économie politique

Marxisme

Ouvrage : *Le Capital*

La fin de l'histoire advient avec la victoire du prolétariat et l'avènement d'une société ***socialiste***.

ALLER PLUS LOIN :
Le but du socialisme est la fin de la propriété privée.

Le mouvement de l'histoire conduit à un conflit entre propriétaires et travailleurs.

L'histoire est fondée sur une lutte des classes pour le contrôle des moyens de production (***dialectique marxiste***).

Le capitalisme résulte de la libération du travail avec la fin de la société féodale et l'apparition du ***salariat***.

La libération du travail engendre une ***aliénation*** du travailleur, qui est privé du fruit de sa production.

La richesse provient de la captation du travail par les propriétaires (***plus-value***).

ALLER PLUS LOIN :
LE *SURTRAVAIL*
Les travailleurs produisent plus que ce qui est nécessaire à la régénération de leur **force de travail,** ce qui permet d'augmenter les profits.

THÈSE 1 :

TOUT PHÉNOMÈNE RÉSULTE UNIQUEMENT D'INTERACTIONS MATÉRIELLES, ET NON DES MOUVEMENTS D'IDÉES (MATÉRIALISME HISTORIQUE)

THÈSE 2 :

LE TRAVAIL EST LE PROPRE DE L'HOMME. L'HOMME SE RÉALISE EN PRODUISANT SES PROPRES MOYENS DE SUBSISTANCE

NOTION : LE TEMPS

OPPOSÉE À :
idéalisme (Hegel)

REPÈRE :
Théorique
Pratique

NOTION : LE TRAVAIL

FRIEDRICH NIETZSCHE

(1844-1900)
Philosophe allemand

Esthétique ; philosophie morale

Naturalisme

Ouvrage : *La Volonté de puissance*

Les valeurs modernes prônent la culpabilisation des pulsions naturelles et s'opposent au plein épanouissement de l'homme.

ALLER PLUS LOIN :
Parce qu'ils valorisent des idées transcendantes et s'opposent à la nature, christianisme et platonisme sont les principaux responsables du nihilisme occidental.

NOTION : LA NATURE

Les valeurs morales doivent être réévaluées en fonction de l'appartenance de l'homme à la nature.

L'homme est un être purement corporel dirigé par des pulsions naturelles.

THÈSE 1 :
IL N'EXISTE PAS DE SUBSTANCE TRANSCENDANT LA NATURE (NATURALISME)

REPÈRE :
Transcendant
Immanent

OPPOSÉE À :
substantialisme (Descartes)

Il faut valoriser les passions naturelles où s'exprime la volonté de puissance pour atteindre le ***surhomme*** nietzschéen.

EXEMPLE :
Création artistique, spontanéité, violence…

NOTION : L'ART

La volonté de puissance est une pulsion vitale spontanée amenant tout être vivant à se dépasser lui-même.

ALLER PLUS LOIN : L'ÉTERNEL RETOUR
La vie doit être vécue en faisant *comme si* elle devait à l'identique se répéter indéfiniment.

THÈSE 2 :
TOUTE CHOSE EST DÉTERMINÉE PAR SON DÉSIR D'ACCROÎTRE SA CAPACITÉ D'AGIR (VOLONTÉ DE PUISSANCE)

OPPOSÉE À :
Spinoza
(toute chose est déterminée à persévérer dans son être)

ÉMILE DURKHEIM

(1858-1917)
Sociologue français

Philosophie sociale

Positivisme ; structuralisme

Ouvrage : *Les Règles de la méthode sociologique*

THÈSE 1 :

LA SOCIÉTÉ EXISTE PAR ELLE-MÊME, INDÉPENDAMMENT DES INDIVIDUS (RÉALISME SOCIAL)

Les représentations sociales s'imposent aux individus, qui les entretiennent (***structuralisme***).

EXEMPLE : les religions sont des systèmes de croyances et de pratiques (conscience collective).

La société moderne se caractérise par le culte de l'individu et la fin des anciens systèmes de croyances (***individualisme***).

ALLER PLUS LOIN : L'ANOMIE
La dérégulation du lien social et la diminution des croyances collectives engendrent un sentiment de perte de sens et de valeurs.

OPPOSÉE À : **libéralisme (Tocqueville)**

THÈSE 2 :

LA SOCIOLOGIE CHERCHE À ÉTUDIER LES FAITS SOCIAUX EN TANT QU'OBJETS AUTONOMES (MÉTHODE SOCIOLOGIQUE)

La sociologie doit étudier la société de façon objective, en comparant les faits sociaux entre eux (***méthode de variation***).

EXEMPLE : l'utilisation de statistiques permet de dépasser les variations individuelles.

Le lien social prend la forme d'une ***solidarité organique*** basée sur la complémentarité des individus (***division du travail social***).

REPÈRE : *Genre* *Espèce* *Individu*

NOTION : LA RELIGION

NOTION : LA TECHNIQUE

NOTION : LA LIBERTÉ

JEAN-PAUL SARTRE

(1905-1980)
Philosophe français

Métaphysique, phénoménologie

Existentialisme ; marxisme

Ouvrage : *L'Être et le Néant*

THÈSE 3 : L'HOMME EST ENTIÈREMENT LIBRE, ET SES ACTIONS NE SONT PAS DÉTERMINÉES

L'homme est « condamné » à être libre.

L'homme se définit par ses actes et est entièrement ***responsable*** de ses propres actions.

La libération de l'aliénation passe par la fin de la société capitaliste (***marxisme***).

L'histoire n'est pas nécessaire mais est liée aux actions humaines.

L'expérience de la liberté engendre une angoisse face à ses possibilités (***vertiges de la liberté***).

L'homme rejette sa liberté en se pensant lui-même comme une chose (***mauvaise foi***).

EXEMPLE : Le garçon de café fait *comme si* son rôle était nécessaire.

ALLER PLUS LOIN : « L'ENFER C'EST LES AUTRES »
Le rejet de la liberté est lié au regard d'autrui. L'homme cherche à se conforter aux attentes des autres, qui contribuent à le *chosifier*.

THÈSE 1 : L'ESSENCE DE L'HOMME SE CONFOND AVEC SON EXISTENCE (EXISTENTIALISME)

OPPOSÉE À : **déterminisme (Hegel)**

REPÈRE : *Contingent* / *Nécessaire*

THÈSE 2 : LES CHOSES EXISTENT SOIT PAR ELLES-MÊMES (ÊTRE EN SOI), SOIT PAR RAPPORT À AUTRE CHOSE (ÊTRE POUR SOI)

REPÈRE : *Essentiel* / *Accidentel*

HANNAH ARENDT

(1906-1975)
Philosophe américaine

Philosophie politique

Phénoménologie

Ouvrage : *Condition de l'homme moderne*

NOTION : LE TRAVAIL

NOTION : LA TECHNIQUE

NOTION : LA LIBERTÉ

Les activités humaines sont les différents rapports de l'homme au milieu qui l'entoure (***vita activa***).

Le ***travail*** est la condition dans laquelle l'homme assure ses besoins vitaux.

L'***œuvre*** est la condition dans laquelle l'homme produit des objets séparés de lui-même.

L'***action*** est la condition dans laquelle les hommes agissent les uns avec les autres.

THÈSE 1 :
L'HOMME N'EXISTE PAS PAR LUI-MÊME MAIS EST PRIS DANS UN MONDE QU'IL N'A PAS CRÉÉ (CONDITION HUMAINE)

OPPOSÉE À : **existentialisme (Sartre)**

La liberté n'est pas un libre arbitre mais la participation active à la vie politique (***républicanisme***).

La société moderne se présente comme une ***aliénation au monde*** qui remet en cause l'importance de l'action politique.

EXEMPLE : société de consommation, totalitarisme.

ALLER PLUS LOIN : POUVOIR, VIOLENCE, AUTORITÉ
Hannah Arendt sépare le pouvoir (dynamique d'un groupe), la violence (exercice d'une force de contrainte) et l'autorité (influence sans contrainte).

THÈSE 2 :
LA POLITIQUE EXISTE DÈS LORS QUE DES HOMMES SE RASSEMBLENT AUTOUR D'UN ESPACE COMMUN (ESPACE PUBLIC)

OPPOSÉE À : **contractualisme (Hobbes)**

REPÈRE : *Public* *Privé*

SIMONE WEIL

(1909-1943)
Philosophe française

Philosophie politique ; philosophie des religions

Existentialisme chrétien

Ouvrage : *La Condition ouvrière*

NOTION : LA RELIGION

NOTION : LE TRAVAIL

THÈSE 1 :

LE DROIT EST SUBORDONNÉ À L'EXISTENCE D'OBLIGATIONS ENTRE LES HOMMES, AYANT UN CARACTÈRE SACRÉ

REPÈRE : *Idéal* / *Réel*

OPPOSÉE À : **contractualisme (Hobbes)**

Ces obligations consistent à assurer les besoins physiques et spirituels de l'être humain.

Les sociétés modernes se caractérisent par le ***déracinement*** spirituel et moral qu'elles engendrent.

ALLER PLUS LOIN : Pour Simone Weil, les besoins fondamentaux s'ordonnent par couples de contraires qui doivent rester à l'équilibre : liberté et responsabilité, sécurité et risque…

THÈSE 2 :

LE TRAVAIL EST UNE NÉCESSITÉ NATURELLE QUI NOUS CONFRONTE AU RÉEL (MATÉRIALISME)

REPÈRE : *Théorie* / *Pratique*

Les méthodes de production modernes produisent une ***aliénation du travail***.

Il est nécessaire de sortir de l'oppression pour créer une ***spiritualité du travail***.

Repenser les machines dans l'intérêt des personnes qui vont les utiliser.

ALLER PLUS LOIN : L'oppression économique est renforcée par l'idéal de progrès illimité de la technique qui ne tient pas compte des limites humaines.

JOHN RAWLS

(1921-2002)
Philosophe américain

Philosophie analytique ; philosophie politique

Contractualisme

Ouvrage : *Théorie de la justice*

REPÈRE : *Théorique* *Pratique*

NOTION : LE BONHEUR

REPÈRE : *Obligation* *Contrainte*

ALLER PLUS LOIN : LE VOILE D'IGNORANCE

Comme dans l'état de nature, Rawls fait *comme si* les hommes choisissaient des principes de société tout en ignorant leur position sociale réelle (***position originelle***).

La société doit favoriser le consensus général en cas de conflit social (***libéralisme***).

Les principes de justice et d'équité sont définis par les citoyens pour maximiser le bonheur collectif (***maximin***).

La société doit compenser les handicaps pour que les inégalités profitent au plus grand nombre (***principe de différence***).

EXEMPLE : Allocations sociales, revenu garanti…

Les inégalités ne sont acceptables que si chacun a le droit d'y accéder (***égalité des chances***).

La société doit garantir le maximum de liberté aux individus (***principe de liberté***).

THÈSE 1 :

CHAQUE INDIVIDU CHERCHE NATURELLEMENT À MAXIMISER L'INTÉRÊT GÉNÉRAL

OPPOSÉE À : **utilitarisme (Bentham)**

THÈSE 2 :

L'OBJECTIF DES INSTITUTIONS SOCIALES EST DE GARANTIR L'EXISTENCE D'UNE SOCIÉTÉ JUSTE (THÉORIE DE LA JUSTICE)

NOTION : LA JUSTICE

Imprimé en Espagne par Macrolibros
Dépôt légal : mars 2021 - 327378 / 01
N° de projet : 11045749 - août 2021